경로를 재탐색합니다

경로를 재탐색합니다

염경근

유영

최지니

지현

소나

박선영

김영선

박수빈

길을 잃었다. 어떤 길로 나아가야 하는지 좀처럼 알 수가 없는 막막함 속에 홀로 우두커니 서 있다.

삶은 길을 찾는 것과 같아서 때때로 막다른 길에 다다르기도 하고 한 치 앞도 보이지 않는 안개 속을 지나기도 한다. 그래서 우리는 늘 자신이 선택한 삶을 끊임없이 돌아보고 끝없이 의심한다. 삶은 저마다 모양이 달라서 어쩌면 하나의 삶을 선택함과 동시에 선택하지 않은 나머지의 삶들은 평생 경험해볼 수 없을지도 모른다. 하지만 결국 모두 행복을 위한 선택이라는 점에서는 같다.

우리는 수많은 선택을 하고 또 실패를 거듭하며 그렇게 성장한다. 혹 길을 잘못 들었다면 다른 경로를 찾아 다시 출발하면 된다. 그 길이 온통

진흙일지라도, 철조망으로 가로막혀 있을지라도 끝내 목적지에 도달하기만 하면 된다. 조금 늦어도 괜찮다. 휴게소에 들러 잠시 쉬기도 하고 한 번도 가 보지 않은 새로운 길에 도전하기도 하면서 천천히, 지치지 않고 나아가면 된다.

여기 길을 잃은 일곱 명의 여자와 한 마리의 고양이가 있다. 행복해지기 위한 여덟 개의 이야기가 모여 방황하는 당신에게 조금이나마 위로가 되었으면 한다. 글 하나로 세상을 바꿀 수는 없을지라도 이 작고 따뜻한 마음들이 당신의 마음을 어루만져 줄 수 있다면 우리는 그걸로 충분하다.

그래서 우리는 오늘도 삶의 갈림길 앞에서 경로를 재탐색한다. 그 길에 앞장서 나침반이 되어주신 현해원 작가님과 글Ego에게 감사 인사를 전하며 행복을 위한 우리 모두의 고된 노력을 응원한다.

- 공동저자 中 유영

차 례

가출 고양이 해량

염경근

염경근   평소 산책을 좋아하고 친구들과의 수다를 떠는 것을 좋아하는 20대 남자
이다.
동물들을 좋아한다. 그 중에서 고양이를 가장 좋아 하지만 개인 사정
이 있어 고양이를 키우지는 못하고 보는 것을 좋아 한다. 밤 늦은 시간
에 따뜻한물이나 음료를 마시며 자신의 취향에 맞는 책들을 읽고 난 후
의 느낌을 좋아한다. 그리고 새로운 사람들과 만나서 이야기하는 것도
좋아한다.

이메일: dlfrl56@naver.com

해량은 새하얀 고양이다. 등에는 마치 잎사귀 무늬처럼 회색 줄무늬가 있었다. 해량은 어린 시절 인간에게 버림받지만 민지에게 입양되었다. 민지는 20 초반 대학생이다. 길거리를 지나다 민지는 버림받은 어린 해량을 보았다. 민지는 그런 해량을 주워 자기 집에 데려왔다. 해량은 처음에는 버림받은 기억에 민지를 못 믿었다. 하지만 자신을 사랑으로 잘 키워주는 민지의 마음은 통했었다. 다 자란 지금은 민지의 마음은 알지만 버림받은 상처가 커 쉽게 다가가지 못하는 중이다.

민지의 방은 고양이 카페에 온 것같이 고양이용품들과 간식으로 가득했다. 해량은 아침에 일어나 스크래쳐를 긁으며 기지개를 켰다. 창문을 통해 들어오는 따스한 햇볕은 해량의 기분을 좋게 만들었다. 민지는 일어나 해량의 밥을 챙겨 주었다. 해량은 기분 좋게 밥을 먹기 시작했다. 민지는 그런 해량이 귀여워 해량의 머리를 쓰다듬었다. 냥!! 해량은 깜짝 놀라 소리치며 캣 타워 위로 올라갔다. 민지의 마음을 안다고 해도 다가가는 건 아직 무리였다. 민지는 항상 있던 일이라는 듯 돌아섰지만 조금은 실망한 표정이었다. 해량은 캣 타워 위에서 생각하였다. 아무리 노력해도 안 되겠어! 이대로면 또다시 버려질 수 있어. 해량은 창문을 바라보며 다시 한번 생각하였다. 나도 다 컸겠다 밖에서 사는 거라며 가출을 결심하였다,

민지는 해량의 밥을 챙겨준 뒤 학교 갈 준비 중이었다, 우산을 챙긴 뒤 나가려고 현관문을 열었다. 그 순간 해량은 온 힘을 다해 뛰쳐나갔다. 집이 1층이다 보니 길거리로 바로 나올 수 있었다. 민지는 갑작스러운 상황에 놀라 해량을 붙잡으려 했지만, 해량은 이미 밖으로 나간 후였다. 이 정도면 못 따라오겠지 해량은 뒤를 쳐다보며 생각하였다. 해량은 매일 창문으로 보던 풍경이 아니어서 조금은 낯설었다.

해량은 도로변을 따라 걷고 있었다. 해량은 막상 나왔지만 이제 뭐 하지 싶었다. 그때 목소리가 들려왔다. 너 누구야? 처음 보는 고양이 같은데. 소리를 따라 위를 쳐다보니 갈색의 검은 점박이들이 있는 고양이가 서 있었다. 나부터 소개하자면 다인이야 보다시피 길고양이지. 해량은 조금 경계가 되어 뒷걸음질 쳤지만 이내 대답했다. 난 해량이야. 약간 떨리는 목소리로 말했다. 긴장 하지마 난 그저 궁금해서 물어본 거야 보아하니 집고양이 같은데 혼자 있는 게 신기해서 어디서 왔니. 초롱초롱한 눈동자로 다인은 해량을 쳐다보았다. 난 가출 중이야 저기 공원 앞 아파트에서 나왔어. 해량은 이제 의미가 없는 말을 해주었다. 가출?? 다인이는 웃겼는지 큰 소리로 웃었다. 해량은 웃음소

리가 짜증이 났다. 해량은 뒤돌아 앞으로 걸어가려는 순간 다인이가 웃음을 멈추고 다시 말을 걸었다. 너 가출 중이면 나랑 같이 갈래? 나도 혼자여서 심심했거든 길고양이 생활도 알려줄 게 해량은 잠시 고민했다 자신을 비웃은 다인이 조금 짜증 났지만 갈 곳도 없겠다. 해량은 다인이를 따라가기로 정했다.

해량은 다인이를 따라 하천을 지나 걸어갔다. 어느덧 날이 어두워지고 있었다. 걷다 보니 한 공터에 도착하였다. 여기가 내가 사는 공터야. 다인은 자신의 보금자리가 자랑스러운 듯 밝은 표정으로 해량을 쳐다보았다. 해량은 주변을 둘러보았다. 말이 공터였지 주변에 벤치며 공중화장실이며 거의 공원이나 다름없었다. 해량은 이상한 곳이 아니란 거에 안심한 표정으로 한숨을 내쉬었다. 여기서부터 나의 생활이 시작되는 거야. 해량은 자신만만한 표정으로 주변을 둘러보며 웃음 지었다. 아침부터 움직인 해량은 피곤했는지 벤치 뒤 구석에 자리 잡아, 잠에 새로운 일상을 기대하는 듯한 표정으로 잠이 들었다.

아침에 일어난 해량이 처음 본 건 먼저 일어나 있는 다인이었다. 다인이는 쓰레기통을 뒤지고 있었다. 해량은 그런 모습이 신기 한 듯 쳐다보고 있었다. 다인은 일어난 해량을 발견하고는 쓰레기통에 버려져 있던 음식을 해량에게 던져 주었다. 먹어 아침이야. 다인은 큰 발견이라도 한 듯 뿌듯한 표정으로 말했다. 해량은 처음에는 거부감이 들었지만 이것 말고는 먹을게 보이지 않아 먹었다, 퉤 해량은 그 음식을 씹자마자 뱉어냈다. 먹을 만했지만 나름 이상한 맛이었다. 다인은 그런 해량을 보며 고개를 절레절레 흔들며 다가왔다. 해량 넌 이제 집고양이가 아니라 길고양이야 살아가려면 참고 먹어야 해. 다인은 측은한 표정으로 해량을 쳐다보며 말을 하였다. 해량은 이걸 어떻게 먹지 싶었지만, 다인의 말처럼 난 길고양이이니까

라는 마인드로 참고 다시 음식을 삼켰다. 해량은 민지가 주는 츄르가 그리웠지만, 고개를 흔들면서 아니야라며 그리움을 부정하였다. 다인은 음식을 먹은 해량을 보며 말을 하였다. 축하해 길고양이가 된 것을 말이야.

다인이는 밥을 다 먹은 해량을 보고는 따라오라고 하였다. 공터 주변을 안내해 주겠다고

해량은 속이 좀 안 좋았지만 다인이를 따라 움직였다. 다인이는 먼저 공터에 관해 설명해 주었다. 여긴 말이 공터지 시설이 갖추어져 있어서 사람들도 나름대로 자주 방문하는 곳이야

잘 만나면 사람들에게 음식도 얻어먹을 수 있다고. 자기 집이 자랑스러운지 웃으면서 말하였다. 그러다 갑자기 정색하며 해량을 쳐다보았다. 그런데 말이야 주의해야 할 게 있어 해량 요즘 산에서 내려온 들개들이 있어 만약 만나게 되면 도망쳐 들개들은 말 안 통하는 상대야 자신의 영역에 왔다고 생각하고 무작정 공격한다고. 해량은 침을 꼭 깍 삼키며 주의 깊게 다인이의 말을 들었다. 내 친구 길고양이들도 들개에게 크게 다쳐 죽었었어! 너는 안 그러길 빌게. 다인이는 슬픈 표정

으로 금방이라도 울 듯이 말을 해주었다. 자 그럼 도로변 산책이나 하자 다인이는 울음을 참으며 당찬 목소리로 말하였다.

해량과 도로변을 산책하다 다인이는 가로수들에 똑같은 포스터가 붙어 있는 것을 발견하고는 해량을 쳐다보았다. 해량 저 사진 너 아니야 다인은 고개를 갸웃거리며 말을 하였다. 해량은 포스터를 쳐다보았다. 내 모습이었다. 너 주인이 너를 애타게 찾는 모양이네! 하루 만에 여기까지 와서 포스터 붙인 거 보면 다인이는 해량을 쳐다보며 말을 하였다. 해량은 민지가 자신을 잊어버리고 예쁘고 민지를 잘 따르는 고양이를 구할 거라 생각했었다. 그러다 보니 자신을 찾는 포스터는 해량에게 큰 충격으로 다가왔다. 너 주인이 찾는 거 같은데 다시 돌아갈 생각 없어? 다인이는 하품을 하며 말을 하였다. 해량은 한참을 가만히 있었다. 하지만 자신이 돌아가도 똑같이 민지를 피하고 민지에게 상처를 줄 것을 생각하니 다시 정신을 차렸다. 아니 안 돌아갈 거야 결심을 한 듯 담담한 표정으로 다인이를 보며 말하였다.

해량은 산책을 마치고 다인이랑 즐겁게 공터에서 놀았다 하지만 노는 와중에도 해량의 마음속에는 민지가 붙인 포스터가 남아 있었다, 해량은 찜찜한 마음에 괴로웠다. 다인이는 그런 해량을 아무 말 없이 쳐다보았다. 그렇게 하루가 더 지나갔다.

아침이 되고 다인이가 눈을 떳을 때 해량이 쓰레기통을 뒤지고 있었다 다인이는 놀란 표정으로 해량을 쳐다보며 말하였다. 무슨 일이야 너가 쓰레기통을 다 뒤지고 해량은 벙찐 표정을 한 다인이를 보며 말하였다 나도 이제 길고양이니까 어서 빨리 적응해야지 자 이거 먹어 해량은 음식을 다인에게 주었다. 다인이는 해량이가 준 음식을 먹으며 잘 적응한 해량이 뿌듯하면서도 한 편으로는 걱정도 하였다. 무리하는 거 아니지? 다인이는 물었다. 아니 오히려 생각이 정리되어서 괜찮아 담담하게 해량은 말하였다. 하지만 해량의 표정은 조금은 쓸쓸해 보였다.

하늘이 먼짓덩어리처럼 회색 뭉치들이 가득하였다. 낮잠을 잔 후 다인이와 같이 하천 까지 산책하였다. 하천을 가는 중 우산을 들고 있는 사람들의 수군거림이 들렸다. 저 고양이 아니야? 에이 설마 다른 고양이겠지. 아니야 봐봐 카페에 올라온 사진과 똑같잖아.

해량 저 사람들 너 보고 말하는거 같은데 주인이 사람들에게도 말하고 다닌 거 아니야? 너 찾고 있다고 다인이는 조심스럽게 해량을 쳐다보며 천천히 말을 하였다. 해량은 눈을 질끈 감으며 갑자기 뛰었다. 지금은 민지이야기를 듣고 싶지 않아서이다. 민지 이야기를 들을 때마다 그립고 미안해서. 해량!!! 조심해. 다인이는 눈이 커지면서 다급하게 큰 소리로 외쳤다. 하지만 타이밍이 늦었다 해량은 하천 아래로 떨어지고 말았다.

해량! 해량!! 다인이의 다급한 목소리에 해량은 하천 아래에서 눈을 떴다. 다인이는 조금 안심을 한 듯 도로 위에서 말을 걸었다 다친 데는 없어?. 해랑은 몸을 움직여 보았다 왼쪽 뒷다리가 조금은 절뚝거렸다. 눈을 감고 떨어진 탓에 착지를 잘 못 했나 보다. 해랑은 다인이를 안심시키려 괜찮아 다리야 곧 나아지겠지 멋쩍은 웃음으로 말하였다. 도로 위로 못 올라갈 거 같은데 어쩌지? 해랑은 다인을 향해 소리쳤다. 다인이는 잠시 고민하더니 결심한 듯 해랑을 보며 말하였다. 앞으로 쭉 걸어가면 하천에서 너의 옛날 집 앞 공원으로 올라 수 있는 계단이 보일거야 해랑 그곳에서 만나자 어때? 해랑은 민지를 마주 칠 수 있다는 생각에 다인이의 말에 반대했지만 다른 방법이 없어 다인이의 말을 따르기로 하였다. 그래 그곳에서 보자 찜찜한 표정으로 다인이에게 말 하였다.

하늘의 회색 먼지 뭉치들 사이에서 빗방울이 하나둘 떨어졌다. 해랑은 빗방울을 맞고 있으니 안락한 자기 집이 그리웠지만, 고개를 흔들며 다시 정신 차렸다. 그러면서 혼잣말하였다. 난 길고양이야. 빗방울 점점 거세져 갔다. 해랑은 다친 다리를 이끌고 겨우 공원 앞 계단에 도착하였다. 다인이 먼저 와 있으려나 라고 생각하고 있었는데 어디선가 큰 소리가 들려 왔다. 왈 왈 으르렁 반대편 하천에서 들개가 서 있었다, 해랑은 순간 공포로 몸이 얼어붙었다. 해랑은 다인이가 해준 들개 이야기가 떠올랐다. 해랑은 얼어붙은 몸을 풀려고 혀를 살짝 깨물고는 공원으로 뛰었다. 들개는 그런 해랑을 주의 깊게 보다 금방이라도 물어 해랑을 물어 뜯어버릴 듯 소리치며 해랑을 따라 공원을 올라갔다. 해랑은 왼쪽 다리를 다친 터라 멀리 뛰어갈 자신이 없었다. 해량은 공원 가운데 큰 나무를 향에 뛰었다. 우선 급한 대로 해량은 나무 위를 올라가고 있었다. 들개는 어느새 큰 나무로 뛰어와 으르렁거리면서 해량을 찢어 죽일듯한 표정을 지으며 나무 아래에서 소리치고 있었다.

몇분 전.. 다인이는 사실 해량에게 거짓말하였다 반대편에 올라가는 길이 있었지만, 해량이 한 번쯤은 다시 주인을 다시 만났으면 좋겠다는 생각에 해량의 예전 집으로 유도하였다. 다인이는 빗방울이 거세지자 다리를 다친 해량이 걱정되었다. 그래서 온 힘을 다해 공원으로 뛰어 갔다 다인이는 해량이를 만나게 되면 한 번 주인을 한 번 만나 보는게 어떻겠냐고 설득해볼 생각이었다. 그렇게 도착한 공원의 모습을 본 다인은 온몸이 얼어붙었다. 해량이 들개에게 위협당하고 있었기 때문이었다, 다인이는 내가 괜히 이쪽으로 오게 했나 후회를 하였다. 다인이는 자기 친구들처럼 해량을 잃고 싶지 않았다. 다인이는 누구라도 데려와야겠다는 생각에 공원 밖을 뛰쳐나가 사람들을 찾아 다녔다.

해량은 다친 왼쪽 뒷다리 때문에 나무 위를 완전히 올라가지 못하였다. 큰 나무 중간에서 그저 버티고 있을 뿐이었다 해량은 이렇게 가다가는 떨어질 거 같다 온 힘을 다해 천천히 한 걸음 한 걸음 올라갔다. 해량은 한 걸음씩 올라가면서 조금은 가출을 후회하였다. 민지가 그립기도 하였고 조금은 울먹이는 표정을 지었다. 해량은 나뭇가지에 거의 도착 할 때쯤 빗물에 발이 미끄러져서 해량은 놀란 표정으로 떨어져 버렸다. 들개는 그 상황을 놓치지 않고 떨어진 해량의 등을 꽉 물고 세게 흔들었다. 해량은 엄청난 고통과 괴로움에 소리를 질렀다.

들개는 그런 소리에도 아랑곳하지 않고 계속 물고 늘어졌다. 해량은 이제 곧 죽겠구나 싶었다. 이럴 줄 알았으면 조금만 더 민지에게 다가가 볼 걸 생각하였다. 그렇게 해량의 두 눈이 감기기 직전 마지막으로 보이는 건 뛰어오는 다인과 우산을 내팽개치고 달려오는 민지의 모습을 마지막으로 보였다.

해량이 두 눈을 다시 뜰 때 두 눈이 퉁퉁 부은 상태로 자는 민지가 보였다. 해량은 병원 케이스 안에서 눈을 뜬 것이다, 해량은 민지를 보자마자 눈물이 왈칵 쏟아져 나왔다. 그동안 민지 생각이 많이 나기도 했고 또 집도 그립기도 했었다. 그리고 이번 가출을 통해 해량은 알게 된 것이 있다면. 해량이 민지를 멀리하더라도 민지는 해량을 버리지 않는다는 점이 해량의 마음의 문을 열게 했다. 민지는 잠에서 깨어났다. 민지는 해량을 보자마자 눈물을 흘렸다 그 눈물에 해량은 다짐했다. 다시는 가출하지 않고 민지의 곁에 있겠다고.

며칠 뒤 해량은 병원에서 퇴원하고 민지의 집으로 다시 돌아왔다. 해량은 집 안에 있는 자신의 포스터들을 보고는 민지가 나를 애타게 찾고 있었다고 간접적으로 느꼈다. 그리고 해량은 다인이는 어떻게 되었을지 민지는 어떻게 나를 찾았는지 궁금했지만, 알 길이 없었다.

　그렇게 휴식을 취하고 있던 해량에게 갑자기 누군가 말을 걸었다. 드디어 찾았네 역시 너는 길고양이보다 집고양이가 어울려. 해량은 창문을 쳐다보니 다인이 서 있었다. 해량은 다인이 반가웠지만, 다인은 해량에게 시무룩한 표정을 지으며 말했다. 미안해 나 때문에 들개를 만났네 난 그저 너랑 주인을 만나게 해주려고 한 것 뿐인데. 해량은 그때를 생각하면 무서웠지만 일이 잘 풀렸으니 괜찮다는 표정으로 다인을 대하였다. 그동안에 있던 일에 대해 다인에게 들을 수 있었다. 다인이 사람을 부르러 공원 밖을 나서는 순간 민지를 만나게 되었고 그런 민지를 향해 소리 지르며 다인이를 유인해 데려와 해량을 구출했던 것 이다. 다인은 그럼 나중에 또 보자는 듯이 해량에게 인사를 하고는 다시 길거리로 떠났다. 해량은 가출 생활과 병원 생활에 지쳤는지 잠이 쏟아지기 시작했다. 해량은 자신이 평소에 자던 캣타워 위가 아닌 잠자고 있는 민지의 곁으로가 민지 옆에 누워 잠을 청하였다.

나에게 안녕을 묻는다

유영

유 영   노리플라이의 음악과 우리나라의 독립 영화를 좋아한다. 블로그와 인
        스타그램에 일기를 쓰며 흘러가는 상념을 기록하고 있다. 무수히 많은
        페르소나를 가졌고 상황에 따라 필요한 자아를 하나씩 꺼내 사용한다.
        나는 누구인가에 대한 철학적인 고민을 즐겨 하지만 여전히 해답은 찾
        지 못했다. 한 여름 에어컨의 시원함보다 한 겨울 전기장판의 따뜻함
        을 더 좋아하며 나 또한 타인에게 온기를 주는 사람이고 싶다.

        블로그: blog.naver.com/dearmygloom
        인스타그램: @dear.mygloom

병원을 나오자마자 약봉지를 하나 꺼내 손바닥에 올려두고 한참을 내려다봤다. 모두 다섯 알. 정말 이 약을 먹어야 할까. 손바닥 위에 놓인 크기도, 색깔도 제각각인 알약들을 보고 있자니 덜컥 겁이 났다. 내가 진짜 정신병에 걸린 걸까, 싶은 생각에 숨이 턱 막혔다.

"우울증이 맞는 것 같네요."

어느 정도 예상은 했지만 막상 우울증이라는 단어를 전문의에게 직접 듣고 나니 갑자기 그 단어가 생경하게 느껴졌다. 그리고 신기하게도 약간의 안도감이 들었다. 적어도 이제는 가족들에게 내 증상에 대해 조금은 당당해져도 되지 않을까, 하는 생각에서였다. 내가 이상한 게 아니니까 더는 내 탓을 하며 괴로워하지 않아도 된다는 생각에. 그렇게 나는 처음으로 우울증과 불안장애라는 마음의 병을 얻었다.

내 상태가 평소와 다르다고, 뭔가 이상하다고 생각하게 된 건 병원을 찾기 이미 한참 전이었다.

당시 나는 서울 강서구의 어느 한 오피스텔에 살았다. 회사에서 도보로 5분 거리인 원룸에 살다가 아예 회사를 그만 둘 작정으로 최대한 아무도 없는 곳으로 멀리 가고 싶었다. 그래서 회사가 있는 강남도, 친한 고모네가 있는 강북도 아닌 낯선 강서구를 택했다. 가족들 모두 내 선택에 의아해했지만 나는 회사를 그만둔다는 말 대신 월세가 강남보다 훨씬 저렴하다는 이유로 대충 둘러댔었다.

그 동네는 오피스텔과 원룸이 가득한 곳이었고 모든 건물들이 정교하게 자로 잰 것처럼 같은 크기, 같은 모양을 하고 다닥다닥 붙어있었다. 각각의 호실들은 테트리스 게임을 연상케 할 만큼 조금의 공간적 여유도 용납하지 않는다는 듯 딱딱 끼워 맞춘 조형물 같았다. 구색만 갖추어 작게 만들어놓은 창문 밖으로는 맞은편 건물에 사는 사람이 어떤 옷을 입고 뭘 하는지도 빤히 보였다. 조금 답답하게 느껴지긴 했지만 달리 문제가 되지 않았다. 그 때 나는 하루 빨리 회사를 그만두고 회사 사람들과 마주치지 않는 곳으로 멀리 이사를 가는 게 중요했다.

그 회사는 나의 첫 회사였다. 또래들보다 몇 년 늦게 대학에 입학했고 졸업할 때까지도 수없이 많은 방황을 했지만 운 좋게 졸업 전에 취업을 하게 되었다. 스타트업(start-up)이었지만 단기간에 급성장해 업계에서 이름 있는 브랜드를 가지게 된 회사였다. 나도 친구들처럼 직장인이 되어 월급을 받는다는 사실이 믿기지 않을 만큼 신기했다. 부모님에게도 드디어 1인분의 자식 몫을 할 수 있게 됐다는 생각에 가슴이 벅차올랐다. 게다가 나름 유명한 회사라 친구들에게 자랑할 때마다 내심 뿌듯하기도 했다.

합격한 회사에 첫 출근하던 날, 회의실에서 근로 계약서를 작성하고 내 연봉이 적힌 종이를 건네받았다. 그렇게 직장인이 되어 맞는 첫 주말 아침, 나는 곧바로 남자친구가 살고 있는 지방으로 내려갔다. 부모님 다음으로 가장 먼저 그에게 축하를 받고 싶었다. 만나기로 약속한 장소에 그는 먼저 나와 있었다. 나는 횡단보도를 가로질러 맞은편에서 날 기다리고 있던 그에게 달려가 와락 안겼다. 우리는 서로의 손을 마주 잡고 길거리에서 빙글빙글 방방 뛰며 함께 소리를 질렀다. 연봉 계약서를 보여주며 나 연봉 이만큼 받는다고 철없이 자랑했던 그 순간을 지금도 생생하게 기억한다.

그 때의 행복도 잠시, 나는 주변 모든 이들의 만류에도 이 년을 조금 못 채우고 결국 회사를 그만두었다. 급여도, 업무도, 사람도, 근무 환경도 다 나쁘지 않았기에 가족들은 물론 친구들조차 배부른 소리라며 퇴사하려는 나를 나무랐다. 하지만 그 때 나는 일도, 사람도 뭔가 나에게 맞지 않는 옷을 입은 것 같은 느낌이 자꾸만 들었다. 무엇보다 내가 하는 이 일이 컴퓨터 부품을 바꿔 끼우듯 언제든지 다른 사람과 대체가 가능한 일이라는 데서 오는 회의감이 컸다. 열정과 패기로 가득 찬 사회 초년생이었던 나는 항상 일에서 느끼는 성취감에 목말라 있었다. 내 일이 다른 일에 비해 쓸모없게 느껴질 때마다 괜한 열패감을 느껴야 했고, 그 무력감은 끝내 스트레스가 되어 나를 압박했다. 결국 '나쁘지 않았던' 회사의 조건들이 '나쁜' 조건으로 변했고, 퇴사를 하는 과정에서 조직으로부터, 사람들로부터 상처를 받게 되었다.

치기 어렸던 이십 대의 나는 당당하게 전쟁터를 박차고 나왔지만 그 땐 몰랐다. 전쟁터 밖은 더 지옥이라는 것을. 아직 어리다는 자신감 하나로 그래도 한동안은 구직 활동을 했고, 직전 회사에서의 경력이 있어서인지 덜컥 이직에 성공했다. 그 때부터였던 것 같다. 몸에 이상 증세가 느껴지던 게.

새로운 회사에 출근한 지 일주일 쯤 되던 날, 나는 출근 직전 회사 문 앞에서 맥없이 주저 앉아버렸다. 무더운 여름이 아니었는데도 온 몸에 식은땀이 흘렀고, 이미 흥건해진 옷소매로 계속 이마를 훔쳐내 는데도 바닥에 땀이 뚝뚝 떨어졌다. 갑자기 숨이 안 쉬어졌다. 호흡이 턱 끝까지 꽉 차올라 컥컥, 하고 숨이 막혀 가슴팍을 세게 부여잡았다. 하늘과 땅의 경계가 없는 것처럼 머리가 핑 돌고 어지러워 도무지 일 어날 수가 없었다. 그 후로도 몇 번씩 이상한 증상들이 찾아와 결국 한 곳에 오래 뿌리를 내릴 수 없는 상태가 되었다. 낯선 곳에 적응할 시간 도, 새로운 사람들과 어울릴 열정도, 일을 다시 시작할 설렘도 사라져 버렸다. 내 몸에 남아있던 에너지가 전부 소진된 느낌이었다. 그렇게 나는 이직한 회사도 아주 짧게 다니고 또 그렇게 돌연 그만두었다.

퇴사 후 나는 이전과 많이 달라져 있었다. 밝고 유쾌했던 모습은 온 데간데없고 내 몸은 시든 이파리처럼 나날이 쇠약해져갔다. 잦은 이 상 증세로 하루하루 피가 말라가는 나를 남자친구는 한동안 그저 말 없이 지켜봐주었다. 아마도 그 때 그는 옆에 있어주는 것 말고는 아무

것도 할 수 있는 게 없었을 것이다. 뭘 해줘도 도돌이표처럼 나아질 기미가 보이지 않는 삶. 마주보고 있어도 초점을 잃어 방황하던 내 눈동자가 그를 얼마나 무력하게 만들었을지. 그렇게 그에게서 그만 만나자는 얘기를 들었을 때, 나는 지방에서 야구 경기를 보고 서울로 돌아오는 기차 안에서 그와 함께 있었다.

그날은 유독 이상한 날이었다. 늘 다정하고 말이 많았던 그는 그날따라 카페에서도, 야구장에서도, 기차에서도 말이 없었다. 우리는 햇수로 6년을 만났고, 서로의 이십대의 절반 이상을 함께 했다. 나라고 왜 헤어짐의 시그널을 몰랐을까. 언젠가부터 내가 그의 마음 한구석으로 서서히 밀려나고 있다는 걸 짐짓 알고 있었지만 애써 외면하고 모른 척했다.

몇 번의 헤어짐과 만남을 반복했던 우리였지만 이번에는 확연히 달랐다. 나는 무작정 그의 팔을 붙잡고 매달렸다. 그는 마음이 참 여려 나보다 눈물이 많은 사람이었다. 그래서 우는 그를 달래는 건 언제나 내 몫이었다. 그런 그가 몇 시간째 멈추지 않고 울부짖는 나를 보면서도 끝내 울지 않았다. 습기가 가득한 초여름이었지만 그 때의 그는 꽁꽁 얼어서 어떻게 해도 녹지 않는 아주 차가운 겨울이었다.

그렇게 나는 두 시간 넘게 그의 옆에서 울기만 했다. 사람들이 힐끗거리며 쳐다보고 있었지만 그런 것 따위는 하나도 중요하지 않았다. 이별을 통보 받은 그 순간부터 기차가 목적지에 도착할 때까지 오직 내 목표는 그를 붙잡는 것이었다. 우는 것 말고는 다른 어떤 말도 나오지 않았다. 그의 팔을 붙들고 흔들며 내가 유일하게 내뱉은 말은 왜 하필 지금이냐는 울분이었다. 왜. 하필. 지금. 다른 때도 아니고 내가 이렇게 힘들 때 꼭 그랬어야 했을까, 그가 원망스러웠다. 하지만 이렇게 울고불고 매달려도 그가 더는 잡히지 않을 거라는 걸 아마 나도 온 몸으로 느끼고 있었던 것 같다. 우리 사이에 무겁게 내려앉은 공기가, 울고 있는 나를 보며 담담히 미소 짓던 그의 표정이, 이미 모든 걸 체념한 듯 애처로운 그의 눈빛이 꿈이 아님을 말해주고 있었다. 내 우주가, 내 청춘이 모두 무너져 버렸다.

그날 이후 나는 꼬박 일 년을 앓았다. 모름지기 힘든 일은 한꺼번에 몰려온다고 했던가. 애석하게도 고통에는 질량 보존의 법칙이 성립하지 않았다. 그 때 나에게는 매일 아침 출근해야 하는 회사도, 수시로 연락해 내 안부를 물어주는 남자친구도 없었다. 아무런 의욕도 생기지 않았다. 대낮에도 암막 커튼을 한 번도 걷지 않고 불도 켜지 않고 지냈다. 집에 들어오는 빛이라고는 암막 커튼에 새겨진 별 모양 무늬 사이로 들어오는 잠깐의 햇볕이 전부였지만 그 마저도 너무 눈이 부셨다. 4평 남짓한 아주 작은 내 방, 감옥 같은 강서구의 한 오피스텔 623호에서 나는 오지도 않을 출소 일만 기다리는 무기징역수처럼 죽지 못해 살았다.

내 방은 24시간이 캄캄한 밤이었는데도 잠이 오지 않았다. 매일 편의점 음식과 배달 음식으로 끼니를 때웠다. 편의점에 갈 때만 집 밖을 나왔고 그 외의 시간은 모두 집에만 틀어박혀 있었다. 잠깐 외출할 때조차 사람들을 마주하는 게 무서워 얼굴부터 발끝까지 꽁꽁 감싼 채 밖을 나갔다. 늦은 새벽에 야식을 먹지 않으면 잠이 오지 않았고 내가 뭘 먹고 있는지도 인지하지 못할 만큼 끊임없이 입에 뭔가를 욱여넣었다. 그렇게 구토가 나오기 직전까지 먹고 나서야 겨우 잠에 들 수 있었지만 눈을 떠 보면 고작 한 시간이 지났을 뿐이었다. 침대에 누워 뜬 눈으로 천장만 보며 밤을 새우거나 반대로 하루 종일 잠만 자는 날들의 연속이었다. 잠을 자지 못하니 매 순간이 각성 상태였고 정신이 몽롱하지 않은 날이 없었다. 아주 어릴 적 가족 여행을 다녀올 때면 늘 차 뒷자리에서 곯아떨어졌던 아이는 이제 이 세상에 없다.

아주 길고 깊은 터널 속에 갇힌 것 같았다. 사방이 깜깜해 한 발자국 내딛기도 무서운 그런 터널. 소리를 치고 불러 봐도 바람 소리 하나 들리지 않는 지독하게 고요한 정적. 언제쯤 이 터널이 끝날지, 어떻게 해야 이곳을 빠져나갈 수 있을지 도무지 알 수가 없어서 나는 더욱 더 깊은 터널 속으로 빨려 들어갔다. 끝없이, 끝없이.

밤이 되어 침대에 누울 때마다 내일이 오지 않았으면 했다. 눈을 감아도 밤이고 눈을 떠도 밤인데, 그럴 거라면 차라리 이대로 영영 눈이 떠지지 않았으면 했다. 죽기 위한 노력조차도 귀찮게 느껴졌다. 죽을 용기는 없고 그렇다고 살아갈 힘은 더 없고, 그냥 노력 없이 한순간에 이 세상에서 사라졌으면 했다. 그래서 내가 택한 방법은 온 몸의 신경이 마비되어 옴짝달싹 할 수 없는 사람처럼 멍하게 누워서 하루를 흘려보내는 것뿐이었다. 옆으로 누워 두 다리를 웅크리고 눈을 감으면 바다의 심연 한 가운데 내가 둥둥 떠다니는 기분이 들었다. 조금의 움직임도 없이 어떠한 중력도 받지 않고 아기처럼 누워있는 내 모습이 꿈처럼 아득하게 느껴졌다. 숨 쉬는 것마저 귀찮아졌고 하루를 살아내는 것 자체가 고역이었다. 회사를 그렇게 쉽게 박차고 나오는 게 아니었는데, 남자친구에게 그렇게 모질게 대하는 게 아니었는데, 하는 후회들이 나를 잠식했다. 어느새 내 몸은 이십 킬로그램이 넘게 급속도로 살이 쪄 더욱 아무것도 하고 싶지도 않고 할 수도 없게 되었다. 시간이 갈수록 나는 점점 더 스스로를 갉아먹었고 내 머릿속은 온통 후회와 자책으로 가득했다. 단 하루도 울지 않고 보낸 날들이 없었다. 자꾸만 나쁜 생각이 들었고 상상 속에서 나는 이미 수백 번, 수천 번 죽었다.

   병원을 가야겠다는 생각이 불현듯 내 머릿속을 스치고 지나간 건 한참이 지나고 나서였다. 어느 날 문득 내가 도로에 뛰어드는 모습을 상상했다. 한 번 시작한 상상은 끝없이 가도를 달렸고 상상은 점점 선명하게 머릿속에 그려졌다. 그러다 정신을 번뜩 차려보면 내 몸은 어느새 인도와 차도의 경계에 위태롭게 서 있었다. 차들이 내 앞을 달릴 때 쌩, 하고 나는 소리, 타이어가 아스팔트와 마찰을 일으키는 소리가 아주 가깝게 들렸다.
   "얘들아. 언젠가부터 나는 매일 차도에 뛰어드는 상상을 해."
   누구보다 내 상황을 잘 알고 있던 친척 동생들은 종종 지하철을 타고 내가 있는 곳까지 나를 보러 와주곤 했다. 가족이기 이전에 나에겐 너무나 소중한 사람들이었다. 동생들과 함께 있으면 그나마 아주 잠깐이라도 내가 웃을 수 있었으니까. 동생들은 내가 꺼낸 얘기를 듣고 적잖이 놀란 듯했다.

"언니. 근데 차에 받히면 너무 아플 것 같지 않아?"

"……아니. 난 오히려 편안할 것 같은데."

한참을 생각하다 건넨 그녀들의 물음에 나는 도로에 뛰어들어 달려오는 차와 부딪히는 내 모습을 또 한 번 상상했다. 기왕이면 아주 빠른 속도로 달리는 차를 떠올렸다. 내 몸이 공중에 붕 떠 있는 장면이 슬로모션으로 눈앞에 그려졌다. 신기하게도 고통스러운 느낌이 전혀 들지 않았다. 오히려 그렇게 된다면 지금 이 고통을 영원히 끝낼 수 있지 않을까, 생각했다.

순간 정신이 아찔했다. 나도 모르는 사이 죽음에 대한 상상이 점점 확신으로 변해가고 있었다. 죽을 용기도, 자신도 없었던 내가 어느새 구체적으로 죽기 위한 상황을 설계하고 있었다. 이러다 잠깐 정신을 놓으면 당장이라도 계획을 실행에 옮겨버릴 것만 같았다.

'병원을 가야겠다.'

그제서야 나는 직감했다. 나 지금 위험하다고.

그 때 나는 절박했던 것 같다. 역설적이게도 삶이 너무 소중해서 죽고 싶었고, 나를 너무 사랑해서 나를 포기해버렸다. 그래서 내 몸이 보내는 수많은 아픔의 신호들을 계속 외면해왔다. 그 신호들은 어쩌면 살려달라고 몸부림치는 내 안의 아우성이었을지도 모른다. 꼬박 일

년을 죽음과 가까이 지냈지만 끝내 나는 죽음을 선택하지 않았다. 외줄타기 하듯 아슬아슬하게 죽음의 문턱에 서 있다가 뒤돌아보니 이상하게도 갑자기 살고 싶어졌다. 더욱 절실하게.

하지만 신경 정신과를 가는 것부터 쉽지 않았다. 우울증이라는 걸 모르고 살았던 나에게 신경 정신과는 진입 장벽이 너무 높게만 느껴졌다. 병원을 여기저기 검색하면서 그런 곳은 여전히 뉴스나 드라마에 나오는 '정말 이상한 사람들이나 가는 곳'이라는 생각이 들어 자꾸만 망설여졌다. 그러다 급한 마음에 당일 접수가 되는 병원을 찾았고, 마침 점심시간이라 생년월일과 주소, 이름을 적고 소파에 앉아 진료를 기다렸다. 점심시간이 끝나가자 하나 둘 사람들이 접수를 하러 병원 안으로 들어왔다. 잔뜩 긴장한 채 주위를 훑어보는데 분명 조금 전까지 아무렇지 않았던 사람들의 모습이 갑자기 다르게 보이기 시작했다. 쩌렁쩌렁하게 큰 목소리, 추레한 차림새, 쉴 새 없이 떨고 있는 다리, 나를 빤히 쳐다보는 눈초리까지 모두 평범하지 않은, 정말 '정신병'에 걸린 사람들의 행태로 느껴져 별안간 무서워졌다. 그리고 내가 지금 그들과 같은 무리에 속해있다는 사실에 심장이 미친 듯이 요동쳤다. 급하게 직원에게 달려가 접수증을 빼앗고 다음에 오겠다는 말을 한 뒤 도망치듯 그곳을 뛰쳐나와 버렸다. 집으로 돌아오는 지하철 안에서 내 이름이 적힌 접수증을 찢으며 내내 울었다. 나는 고작 병원 하나 가는 것도 쉽지 않구나. 남들 다 하는 것들이 나는 왜 이렇게 어렵고 힘들까, 절망스러웠다. 그리고 나는 다시 무기력의 늪에 빠졌다.

절실했지만 그만큼 마음의 준비가 필요했던 것 같다. 전보다 더 신중하게 병원을 알아봤고, 비록 집에서 멀리 떨어진 곳이었지만 예약을 한 뒤 다시 한 번 병원 문을 두드렸다. 이번에는 제발 괜찮은 곳이었으면, 하는 간절한 바람뿐이었다. 진료실 문을 열자 생각보다 젊은 의사가 앉아있어서 실망감이 먼저 들었다. 내 또래로 보이는 남자 의사에게 과연 내 이야기를 온전히 할 수 있을까, 자존심도 상했지만 기우였다. 선생님은 한 시간 넘게 차분하고 담담히 내 이야기를 끝까지 들어주었다. 그것만으로도 그 때 나에게는 아주 큰 위로가 되었다. 지난 일 년간의 내 상태를 선생님에게 털어놓으며 아픔들을 찬찬히 곱씹어볼 수 있는 시간이기도 했다. 선생님은 누구나 여기까지 오는 일이 가장 어려운 거라고, 그래서 지금 내가 이렇게 진료실에 앉아있는 것 자체만으로도 이미 절반은 나아지고 있는 거라고 했다.

마침내 병원에서 우울증과 불안장애 진단을 받고 항우울제와 수면제를 처방 받았다. 처음에는 증상이 심해서 제법 독한 약을 처방 받았는데, 강한 약 기운 때문에 약을 입에 털어 넣자마자 몸이 휘청거릴 정도로 정신이 몽롱해졌다. 너무 무섭고 겁이 났지만 그래도 약을 먹은 후로는 무엇보다 잠을 잘 수 있어서 다행이었다. 한동안은 약을 먹을 때마다 내가 어쩌다 이렇게 됐을까, 하는 생각에 우울감이 물밀 듯 밀려왔지만 감기에 걸리면 이비인후과를 가는 것처럼 나는 지금 마음이 아파서 신경 정신과에 가는 거라 생각하고 믿어보기로 했다. 다 좋아질 거라고.

"언니, 제주도에 가서 한번 살아보는 건 어때?"

무심코 내뱉은 친척 동생의 말에 나는 곧장 짐을 싸고 비행기에 올랐다. 일주일에 한 번씩 병원에 가서 상담을 받고 약을 처방 받아오는 것 말고는 여전히 나는 무기력에 잠식되어 있었다. 우울증을 앓는 동안 내가 제일 무서웠던 것은 우울감도, 불안함도, 불면도 아닌 무기력감이었다. 흔히들 게으르고 나태한 거라고 쉽게 치부해버리지만 나는 알고 있다. 무기력이 얼마나 무서운 것인지를. 그래서 나를 점점 더 옥죄어오는 무기력을, 감옥 같은 내 방을, 숨 막히는 서울을 벗어나고 싶었다. 단순한 리프레시 그 이상인 돌파구가 필요했다. 그냥 흘려 넘길 수도 있었던 친척 동생의 말 한 마디를 나는 지푸라기라도 잡는 심정으로 덥석 물었고, 결국 그 마음이 나를 움직이게 만들었다. 무모할 수도 있는 결정이었지만 그 때 나는 더 이상 잃을 것이 없었다.

"주위 사람들에게 '잘 지냈어? 요즘 어떻게 지내?'라고 쉽게 안부를 묻는 것처럼 나에게 안녕을 물어본 적이 있나요?"

선생님이 던진 질문에 나는 둔기로 머리를 세게 두들겨 맞은 것처럼 한동안 말을 잇지 못했다. 선생님이 쏘아올린 작은 말 한 마디가 이후 내 삶을 완전히 바꿔놓을 줄은 몰랐다. 다른 사람들에게는 그렇게 자주 하는 말이면서 정작 나에게는 안부를 물어본 적이 없었다. 단 한 번도.

그렇게, 나는 살기 위해 제주도에 왔다. 나의 안녕을 묻기 위해.

인생이 바뀌는 순간은 때로 순식간에 일어나기도 한다. 내가 제주도에 오게 된 것도 아주 찰나의 순간이었다. 고등학교 때 수학여행, 그리고 대학교 때 동기들과 잠깐 여행을 왔던 게 전부였다. 제주도에 기억에 남을 만한 추억거리도 없거니와 남들처럼 로망이 있던 것도 아니었기에 갑자기 제주도에 가겠다고 했을 때 부모님은 몹시 당황해하셨다. 오랫동안 혼자 속앓이를 했던 것도 내심 알고 계신 듯했으나 우울증 약을 먹고 있다고 말씀드리니 두 말 없이 제주도에 가는 걸 허락하셨다.

우선 당일치기로 방을 계약하고 다시 서울에 올라와 짐을 쌌다. 내 미래는 죽음밖에 없다고 생각했는데 방을 계약하고 나니 갑자기 뭐든 할 수 있을 것만 같았다. 일시적인 기분이었지만 그래도 이상하게 없던 힘이 생기는 듯했다. 괴롭기만 했던 도시 생활을 청산하고 제주도에 간다고 생각하자 그제야 숨이 쉬어졌다. 성인이 된 후 줄곧 유지하던 긴 머리도 과감하게 짧게 잘라버렸다. 중학교 때 이후로 처음 해보는 단발머리였다. 내 마음처럼 무겁게만 느껴졌던 머리를 자르고 나니 조금이라도 기분이 나아지는 것 같았다.

그리고 바로 제주도에서 할 수 있는 일을 찾아봤다. 한창 제주살이가 유행처럼 번지던 때였지만 나는 제주도에 얼마 동안 살지 전혀 기약이 없었다. 도피이기도 했지만 다른 의미에서는 나에게 엄청난 도전이었다. 순전히 여행이 아닌 생존이었기 때문에 당장 먹고 살 돈이 필요했다.

어떤 순간은 우연처럼, 혹은 운명처럼 일어나기도 한다. 지금 생각해봐도 내가 어떻게 그런 선택을 했는지 나조차도 신기하지만 아이러 니하게도 나는 스타벅스에서 일을 하기로 마음먹었다. 우울증, 불안 장애, 대인기피와 완전 정반대에 있는 직종이 있다면 그건 아마도 서 비스직일 것이다. 그럼에도 나는 그 일을 택했다. 그 선택 역시 제주도 에 오겠다고 다짐했을 때처럼 찰나의 결정이었다.

　제주도에서도 당분간 회사를 다니는 건 불가능하다는 판단을 내렸 다. 또 다시 그 때처럼 이상 증세가 나타날까봐 두려웠고 회사를 그만 두는 과정에서 받게 되는 상처에 지레 겁을 먹었다. 그렇다고 스타벅 스라니. 내가 지금 이 시점에 새로운 사람들과 전혀 해보지 않았던 일 을 하고 낯선 고객을 응대할 수 있을까. 수많은 걱정이 꼬리에 꼬리를 물고 늘어졌지만 내가 내린 결론은 일단 그냥 한 번 해보자는 거였다. 파트타임으로 일하며 나머지 시간을 자유롭게 활용할 수 있었고, 짧 은 시간 근무하는데도 '알바'가 아닌 '정규직' 타이틀이 주는 안정감 도 있었다. 무엇보다 이전 회사에서 스트레스를 너무 많이 받았던 터 라 차라리 마음이 힘든 것보다 몸이 힘든 일이 낫지 않을까, 하는 생 각이 컸다. 몸은 힘들지만 바쁘게 일하다 보면 쓸 데 없는 걱정과 나 를 괴롭히는 망상을 조금은 덜 하게 되지 않을까. 워낙 빡세다고 악명 높은 스타벅스였지만 그런 점이 지금 내 삶과 너무나도 극명하게 달 랐기 때문에 오히려 더 끌렸던 것도 같다. 나름대로 극약처방으로 생 각해 낸 대안이었다. 이제껏 서울에서도 안 되던 걸 제주도라고 뭐가 다를까, 싶다가도 낯선 곳이 주는 자유로움이 왠지 내 마음을 편안하 게 해주었다. 어쩌면 그래서 나는 선뜻 제주도로 왔는지 모른다. 내가 어떤 삶을 살았고 어떤 아픔이 있는지 아무도 모르고 그저 있는 그대로의 나를 마주하고 드러낼 수 있는 곳. 나에겐 그게 제주도였던 것 같다.

그렇게 나는 모든 걸 내려놓고 '살기 위한' 제주살이를 시작했다. 가장 먼저 주민 센터에 가서 전입신고를 했다. 운전면허증 뒷면을 가득 채운 주소들 맨 아래에 '제주특별자치도'가 찍혔고, 그제야 내가 진짜 제주도에 왔다는 게 실감이 났다. 한편으로는 빼곡한 주소들을 보며 그동안 나의 도피처가 되어주었던 집들이 생각나 조금 씁쓸하기도 했다.

전입신고를 한 후 짐을 풀 시간도 없이 나는 곧바로 스타벅스에서 일을 시작했다. 돌이켜 보면 제주도에 오기 전 일자리를 미리 구했던 게 천만다행이었다. 일 년 동안 경제 활동을 하지 않고 칩거 생활을 하다 갑자기 제주도에 온다고 모든 게 한 번에 해결될 리 없었다. 막상 제주도에 살면서도 전처럼 일을 하지 않았다면 장소만 서울에서 제주도로 바뀌었을 뿐, 똑같이 지옥 속에 살고 있었을 터였다.

스타벅스에 입사해 내가 처음으로 한 일은 닉네임을 정하는 것이었다. 기존에 쓰고 있던 영어 이름이 있었지만 문득 지금 나에게 의미 있는 새로운 이름을 만들고 싶었다. 각종 사이트를 뒤져가며 이것저것 영단어를 검색했고, 고심 끝에 내 닉네임은 '브리즈(breeze: 산들바람, 미풍)'가 되었다. 앞으로의 내 삶이 고통으로 점철된 것에서 벗어나 부디 선선한 바람처럼 무탈하고 평온하길 바라는 마음에서였다.

그러나 어떤 일이든 처음은 어려운 법이라 했던가. 스타벅스에서의 시작 역시 그리 순탄치는 않았다. 우선 엄청난 양의 음료와 부재료의 레시피부터 외워야 했다. 같이 일하는 파트너들 중 한 명을 제외하고는 내가 가장 연장자라 주변에서 우려를 많이 했지만 나는 새로 시작한다는 마음이었기 때문에 나이는 전혀 신경 쓰이지 않았다. 다만 빠릿빠릿하고 체력 좋은 20대 초반의 어린 친구들보다 손동작도 느리고 몸이 굼떠 일할 때마다 자꾸 실수를 했다. 갑자기 안하던 일을 하려니 레시피 하나 외우는 것부터 쉽지 않았고, 비슷하게 들어온 다른 파트너들에 비해 한참 뒤처지는 내가 작게만 느껴졌다. 어느새 나는 파트너들 사이에서 걱정거리가 되어 있었고, 부정적인 피드백을 듣는 날이 많아지니 점점 더 위축되어갔다. 나는 정말 일머리가 없는 걸까, 센스가 부족한가, 눈치가 빠르지 않은 걸까, 라는 생각에 좀처럼 진전이 없는 내가 답답하고 한심했다.

　고객을 상대하는 것도 녹록지 않았다. 내가 일하는 매장은 오피스 상권에 있었기 때문에 관광객보다는 단골이 많았는데, 그 고객들의 기대치가 매우 높았다. 그 만큼 소위 말하는 진상 고객이 넘쳐나는 곳이기도 했다. 일부러 못 알아듣게 빠르게 주문하는 사람, 장애인 바리스타라는 이유로 다른 파트너에게 음료 제조를 요구하는 사람, 동물원 원숭이를 구경하는 것 마냥 제대로 음료를 만드는지 빤히 쳐다보는 사람, 어떻게든 트집을 잡아 화풀이를 하는 사람, 욕설을 퍼부으며 인신공격을 하는 사람……. 각양각색의 무례한 사람들을 응대하는 것이 여간 어려운 일이 아니었다. 술에 거나하게 취해 반말로 주문하는 아저씨들은 귀여운 수준이었다. 대놓고 무시하거나 하대하는 사람들도 있었다. 서비스직 특성상 잘못한 게 없어도 고객이 컴플레인을 걸어오면 일단 무조건 잘못했다고 사과부터 해야 했기 때문에 서러운 적도 한 두 번이 아니었다. 세상에는 참 별의 별 사람이 존재한다는 생각이 들면서도 이런 사람들도 멀쩡하게 일상생활을 하는데 나는 왜 이렇게 못할까, 라는 자괴감이 들어 쓸쓸할 때도 많았다.

어느 날은 점장에게서 다급하게 연락이 왔다. 휴무라서 쉬고 있었는데 지금 바로 매장으로 오라는 거였다. 점장은 다짜고짜 CCTV 영상을 보여주며 불같이 화를 냈다. 화면 속 나는 포스기 앞에 서서 주문을 받고 있었다. 맞은편 여성 고객은 텀블러 하나를 들고 있었고, 나는 텀블러를 건네받아 가격표를 살펴본 후 계산을 하지 않은 채 그대로 고객에게 돌려줬다.

"마감할 때 정산을 몇 번이나 다시 해봐도 금액이 안 맞아서 CCTV를 돌려봤어요. 브리즈, 이거 어떻게 설명하실 거예요? 제가 브리즈 때문에 이거 찾느라 쉬지도 못했어요. 저 너무 화가 나네요. 아무리 생각해도 이해가 안 돼요."

CCTV 화면 속에 보이는 사람은 분명 내가 맞았다. 하지만 전혀 기억나지 않았다. 불과 어제의 일이었는데 기억을 더듬어 봐도 아무것도 생각나는 게 없었다. 머릿속이 새하얘졌다. 대체 내가 왜 그랬을까. 실수하는 것보다 기억이 나지 않는다는 게 더 큰 문제였다. 문득 지금까지 일하면서 순간순간 이상하다고 느꼈던 내 모습들이 떠올랐다. 남들보다 레시피를 외우기 어려웠던 것도, 부재료들의 위치를 자꾸 잊어버리던 것도, 음료를 만들다 갑자기 멍해지던 것도, 오픈할 때마다 늦게 일어나 지각을 했던 것도, 이 모든 게 그저 단순히 정신없이 바쁘고 힘이 들어서 그런 거라고 생각했다.

　나는 그 길로 곧장 병원으로 향했다. 한동안은 병원을 계속 다녀야 했기에 제주도에 내려오자마자 찾게 된 병원이었다. 혹시나 하는 마음으로 선생님에게 털어놓았지만 역시나 내가 염려했던 게 맞았다. 약 기운이 너무 강해 종일 몽롱한 상태로 잠에 취해 있으니 일에 집중을 할 수가 없었던 것이었다. 선생님은 약을 먹은 지 얼마 되지 않았기 때문에 충분히 그럴 수 있다고, 약의 용량을 줄이면 괜찮아질 거라고 나를 안심시켜줬다. 다시 살아보기 위해 제주도에 왔는데도 나는 여전히 내 몸과 마음을 돌보지 않았다. 이렇게 일에 지장을 줄 만큼 몸이 이상해지고 있었는데 내가 멍청해서 그런 거라 생각하고 그냥 내버려두다니. 약이 무섭다는 생각을 하면서도 한편으로는 내 상태에 너무 무심했다는 생각이 들어 계속 자책을 했다.

　다행히 시간이 약이라는 말처럼 새로운 일을 배우는 것도, 낯선 사람들을 만나는 것도 시간이 지나면서 조금씩 익숙해져 갔다. 음료를 제조하는 것도 손에 익으니 속도가 붙었고, 진상 고객 앞에서 더 이상 우물쭈물하지 않고 웃으며 응대하는 법도 익혔다. 나보다 한참 어린 선임 파트너에게 무례한 말을 들었을 때도 혼자 삭이며 끙끙 앓지 않았고, 조곤조곤 내 기분을 얘기하면서 타협점을 찾아가는 여유도 생겼다. 실수투성이에 걱정거리였던 파트너에서 일 잘하는 성실한 '브리즈'가 되어갔다. 그렇게 몸으로 직접 부딪히고 시행착오를 겪어가며 나는 조금씩 단단해져 갔다.

두렵기만 했던 일을 즐겁게 할 수 있게 되기까지 같이 일하는 파트너들의 힘이 컸다. 실수를 할 때마다 내가 지치지 않게 계속 도움을 줬고, 힘든 내색을 보이면 옆에서 토닥여줬다. 관계에 소극적이었던 나에게 먼저 말을 걸어주고, 종종 퇴근 후에도 함께 술을 마시며 나를 세상 밖으로 나오게 이끌어줬다. 어린 친구들이었지만 배울 점이 많았고 그들을 보며 다양한 삶이 있다는 것도 알게 되었다.

이 일이 평범한 직장인들처럼 9시에 출근해 6시에 퇴근하는 것이 아니라는 것도 내 마음이 치유되는 데 한 몫 했던 것 같다. 하루에 적게는 5시간, 많게는 8시간 일을 하고 나머지 시간은 자유롭게 내 시간을 가질 수 있었다. 그래서 나는 휴무일이나 일을 하지 않는 시간에는 무조건 바다를 보러 갔다. 장롱 면허였기에 대중교통을 이용하거나 걸어 다닐 수밖에 없었는데, 나는 30분이 걸리든 2시간이 걸리든 웬만하면 걸어 다녔다. 바다를 보는 것도 좋았지만 바다를 보러 걸어가는 그 시간들이 너무 좋았다. 갑갑했던 서울과 달리 제주도는 빼곡한 사람들도, 꽉 막힌 고층 건물도 아닌, 어디를 돌아봐도 온통 자연이었다. 곳곳에 풍성한 야자수들이 즐비해있었고 어딜 가든 나를 아는 사람이 없다는 사실이 나를 자유롭게 만들었다.

좋아하는 음악을 들으며 걷다가 하늘을 올려다보면 날아가는 비행기가 보였다. 한 여름에 땀을 뻘뻘 흘려 티셔츠가 축축해지고 몸에서 땀 냄새가 나도 걷는 게 좋았다. 카메라 셔터를 누르는 순간이 많아졌고 무심하게 자란 풀꽃들을 보며 살아있음을 느꼈다. 언제든 조금만 걸어가면 바다가 보였고 멀리 수평선이 보이면 나도 모르게 소리를 질렀다. 예쁜 꽃이 있으면 이름을 검색하기도 하고, 비행기가 머리 위로 지나갈 때 손을 흔들기도 하고, 아름다운 풍경을 보면 멈춰서 사진을 찍기도 했다. 그래서 언제나 예정된 시간보다 족히 두 배는 더 걸려서 도착했지만 그래도 좋았다.

바다에 도착하면 항상 바닥에 아무렇게나 앉아 멍하니 바다를 바라보는 게 전부였지만 그 자체로 행복했다. 관광객이 많은 해수욕장보다는 조용하고 한적한 포구가 더 좋았다. 높다란 방파제에 걸터앉아 잔잔한 바다를 보다 보면 저절로 마음이 고요해졌다. 그 순간만큼은 폭풍처럼 휘몰아치던 우울함도 사라지고 없었다. 끝없는 잡념과 망상들이 24시간 내 머릿속을 지배해 괴로웠지만 바다를 볼 때는 아무런 생각이 나지 않았다. 어떨 때는 깊은 수심에 빨려 들어갈 것 같아 무섭기도 하고 나도 모르게 왈칵 눈물이 나올 때도 있었다. 마음이 지나치게 우울하거나 괴로운 날이면 아무도 없는 곳에서 바다를 앞에 두고 펑펑 울기도 했다. 날이 맑으면 맑아서 좋았고, 날이 흐리고 비가 오면 그것대로 좋았다. 그냥 바다를 보는 그 순간이 다 좋았다.

해가 쨍한 날에는 엄마가 사준 등산화를 신고 올레길을 걸었다. 평

균 다섯 시간 정도 되는 아주 길고 힘든 여정이지만 구불구불한 숲길도, 뱀 출몰 지역이라고 적힌 위험한 산길도, 바다가 펼쳐져 있는 해안길도 다 마음에 들었다. 발에 물집이 잡히고 땀으로 선크림이 다 지워져 얼굴과 팔이 까맣게 타는데도 아무렇지 않았다.

거대한 태풍이 제주를 집어 삼키는 날에도 비바람을 뚫고 바다를 보러 나갔다. 바람이 너무 세게 불어 장우산이 찌그러지고 몸이 날아갈 것 같아도 바다를 보는 게 마냥 좋았다. 물웅덩이에 발을 헛디뎌 신발이 젖었는데도 '에라, 모르겠다'며 일부러 물웅덩이에 들어가 폴짝폴짝 뛰어 양말까지 다 젖게 만들기도 했다. 기가 막힌 상황인데도 나는 마치 아이처럼 해사하게 웃고 있었다. 비를 맞고 속옷까지 다 젖어 옷에서 빗물이 뚝뚝 떨어져도 바다를 보고 돌아오면 자연스럽게 마음이 치유되는 기분이 들었다.

때때로 수면제를 먹어도 잠이 오지 않는 날이 있었다. 그런 날에는 밤을 꼴딱 새우고 한 시간을 걸어 가까운 오름에 올라가 일출을 보고 내려왔다. 바다를 보러 가지 않는 날에는 버스를 타고 다니며 오름들을 하나씩 정복했다. 사백 개 가까이 되는 많은 오름들 중에서 가장 좋아하는 오름을 나만의 아지트로 삼기도 했다. 오름 정상을 한 바퀴 걸을 땐 일부러 숨을 크게 쉬고 고요하게 내 숨소리에 집중했다. 벤치에 앉아 책을 읽고 가방을 베개 삼아 벤치에 누워 하늘을 올려다보는 시간이 너무 좋았다. 무성한 나뭇잎들이 바람에 나부껴 사각사각 부딪히는 소리, 날아가는 비행기 엔진 소리, 마구 지저귀는 새소리를 들으며 낮잠을 자기도 했다. 바람이 내 머리카락을 흩트려 귓가를 간질이는 촉감이 좋았다. 그럴 때면 절로 입가에 미소가 지어졌고 서울에서는 잊고 살았던 행복을 느꼈다. 제주도에 살면서 '지금', '오늘', '현재'를 느끼는 게 중요하다는 걸 조금씩 깨달아갔다.

무엇보다 내 마음을 평온하게 만들어준 건 지금 내가 살고 있는 원룸이었다. 당일치기로 혼자 방을 알아보던 날 운명처럼 이 방을 만났다. 비싼 월세와 작은 평수에도 뷰(view) 하나 때문에 망설임 없이 계약을 했다. 내 방 창밖으로는 바다도 보이고, 하늘도 보이고, 비행기도 보였다. 그 중에서도 내가 가장 사랑했던 건 해 질 녘 집에 돌아와 내 방에서 보는 노을이었다. 바다에서 노을을 보는 것도 너무 아름다웠지만 내 방에서 노을을 보며 하루를 마무리하는 시간이 좋았다. 맑은 날에는 하늘이 온통 붉게 물들기도 했고, 또 어떤 날은 핑크빛이나 보랏빛일 때도 있었다. 노을이 질 때 내 방 안까지 햇볕이 들어오면 덩달아 따뜻한 기운이 들어오는 것 같았다. 침대에 기대거나 좋아하는 흔들의자에 앉아 해가 수평선으로 넘어갈 때까지 바라보고 있으면 아름답다는 말로는 부족할 만큼 경이로움을 느꼈다. 그렇게 지는 해를 바라보며 오늘 하루도 수고했다고, 잘 가라고 나를 토닥여줬다.

하지만 힘든 일은 제주도에 와서도 여전히 도처에 있었다. 나는 일년 넘게 다니던 스타벅스를 그만두고 다시 취업 준비를 했다. 마침내 하고 싶었던 일을 하게 되었지만 3개월 만에 회사에서 부당해고를 당했고 한동안 노동청을 들락거리며 마음고생을 해야 했다. 이후 평생 잘릴 걱정이 없는 공무원이 되겠다는 결심을 하고 돌연 공시생이 되었고, 피나는 노력을 했지만 결과는 좋지 않았다. 제주도에 와서 내 마음이 많이 치유되었다고 생각했는데 이렇게 힘든 일이 닥칠 때마다 실패 앞에 번번이 무릎을 꿇어야 했다. 나는 여전히 나약한 사람이었다. 그리고 모두가 다가올 새 해를 기대하고 부푼 마음으로 소원을 비는 1월 1일, 내가 세상에서 가장 사랑하는 할머니가 돌아가셨다. 어릴 때부터 할머니 손에 자랐던 나에게 할머니는 둘도 없는 친구였고, 세상 전부였다. 천년만년 함께 살자던 약속은 속절없이 흐르는 시간 앞에 무색해져버렸지만 나는 아직도 할머니를 보내지 못하고 있다.

　지난 몇 년 사이 나에게는 너무나 많은 일들이 있었다. 돌이켜 보면 나는 '이별'에 취약한 사람이었다. 사랑하는 사람과의 헤어짐, 회사로부터의 해고, 세상 전부였던 할머니의 죽음. 공통점이 있다면 모두 일방적이었다는 것. 그리고 내 곁에 오래 함께 할 거라고 철석같이 믿었다는 것. 나는 지금도 이따금씩 내가 어쩌다 이렇게 됐을까, 생각하며 깊은 상념에 빠지곤 한다. 해가 지고 캄캄한 어둠이 찾아오면 우울함과 외로움에 몸부림치기도 하지만 그럼에도 더는 이 터널 속에 갇히지 않으려 무던히 애를 쓰고 있다. 실패로 점철된 내 인생을 앞으로 어떻게 헤쳐 나가야 할지, 몇 번의 좌절을 더 겪어야만 내 인생이 잘 풀릴 수 있을지는 모르겠다. 하지만 만약 서울에서 같은 일이 있었다면 과연 내가 지금처럼 견딜 수 있었을까. 제주도였기에 그나마 이렇게 숨을 쉬고 살아갈 수 있는 거라고 생각한다. 제주도가 날 살려주었으니까. 그래서 나는 더 이상 4년 전의 나처럼 무기력에 잠식되어 살지 않기 위해 다시 세상 밖으로 나갈 준비를 하고 있다.

요즘 다시 처음 병을 앓았을 때처럼 마음이 몹시 아픈 날들을 겪으며 산다는 것은 무엇일까, 생각해본다. 어쩌면 산다는 것은 죽을 때까지 나를 알아가는 과정이 아닐까. 우리에게 주어진 과제가 있다면 그건 아마도 평생 나에 대해서 알아가는 것. 그럼에도 우리는 한 줌의 재가 되는 순간까지도 내가 누구인지, 어떤 사람인지 모를 것이다. 우울증도 마찬가지 일거라 생각한다. 끝없이 청소를 해도 어느새 돌아보면 뽀얗게 내려앉아 버리는 먼지처럼 우울이라는 감정은 비우고 지우고 외면해도 결국 어느새 다시 내 마음 심연에서 자라나고 있을지도 모른다. 그렇다고 어차피 먼지가 다시 쌓일 거라며 청소를 안 할 수도 없는 노릇이니 주기적으로 청소를 하듯 끊임없이 내 마음을 갈고 닦아내는 수밖에는 없는 일이다. 그저 평생 내가 안고 가야 할 존재라 여기고 묵묵히 오늘을 살아내는 것이다. 다독여주면서. 오늘도 수고했다고.

우울증을 앓고 제주도에 온 지 어느덧 4년이 되었다. 오랜만에 연락하는 친구들은 아직도 제주도에 있냐며 놀라기도 하지만 나는 여전히 이곳에 살고 있다. 솔직히 내가 '잘' 살고 있는지는 모르겠지만 세상에서 가장 어려운 일이 스스로 힘을 내는 것이라 생각하며 그런대

로 힘을 내 살아가고 있다. 나는 2018년부터 햇수로 5년째 항우울제
와 수면제를 먹고 있고, 심리상담 센터에서 정기적으로 상담을 받으
며 계속해서 내 안의 평온함을 갈구하고 있다. 나는 여전히 고독하고,
여전히 외롭고, 여전히 우울하다.

  그럼에도 불구하고, 오늘도 나는 나에게 안녕을 묻는다. 여기 제주
도에서.

오늘도 여행하는 중입니다.

최지니

최지니   안녕하세요 여행하기를 좋아하며 언젠가는 꼭 예쁜 사랑하기를 꿈꾸는
지니입니다! 어느덧 20대의 마지막 해를 바라보고 있지만 시간에 유념
치않고 더 많은 도전을 하며 살아가고싶어요

인스타그램: im_your_.genie
블로그: http://m.blog.naver.com/yedini1127

글을 열기에 앞서 독자 여러분께 한 가지 질문을 드리고자 합니다. 세상의 수많은 사람 중 여행을 좋아하는 사람은 과연 몇이나 될까요? 아니 여행을 싫어하는 사람이 몇 명일지 헤아려 보는 게 더 빠를지도 모릅니다. 여행의 뜻이 무엇인지 표준국어대사전에 의하면 '여행'을 "일이나 유람을 목적으로 다른 고장이나 외국에 가는 일"이라고 정의하고 있습니다. 그렇지만 꼭 다른 고장이나 외국으로 가야지만 여행을 하는 것이라 말할 수 있을까요? 앞선 질문에 대한 저의 대답은 "아니오"입니다. 저는 여행을 사랑하고 매일의 일상을 늘 여행처럼 보내기를 원합니다. 이런 제가 감히 '여행은 우리 삶의 그 자체'라고 말하고 싶습니다. 이 땅에 태어나 다시 흙으로 되돌아가기까지의 모든 순간이 우리가 살아가는 지금 이 삶에 대한 여행이라고 생각하니까요.

여기, 이제부터 제가 여행하며 만났던 봄과 여름, 그리고 가을을 지나 춥지만 따뜻했던 겨울, 이 사계절 속에서 경험했던 다양한 여행지에 대해 말해보려 합니다. 그리고 그곳에서 느꼈던 생각과 감정, 또 소중했던 무수한 만남에 대하여 여러분들에게 들려드릴 때 여행을 좋아하는 분들이라면 각자의 지난 여행에서의 행복했던 순간을 떠올릴 수 있을 것이고, 여행에 그다지 취미가 없는 분들이라면 저의 에피소드를 읽으며 조금이나마 여행에 대한 기대감이 생겼으면하는 바람입니다.

이 글을 읽는 독자님들도 우리에게 주어진 모든 순간에 감사하고 사랑하는 마음을 가지길 소망하며 저의 여행 이야기를 열어보겠습니다.

JAPAN/Tokyo.

때로는 보이는 게 다가 아니야.

'도쿄'라는 도시에 대해 생각해보라고 말한다면 사람들은 어떤 것들을 떠올릴까? 내가 자주 가는 카페의 사장님은 도쿄를 정말 사랑한다. 그 사장님에게 있어서 도쿄는 설레는 도시이자 알고 있지만 새로운 도시라고 기억되는 곳이라 말한다. 나에게 있어 도쿄는 춥지만 따뜻한 도시이다. 때는 6년 전, 이제 막 아침과 저녁의 일교차가 커지기 시작한 입춘을 막 지난 2월의 어느 날이었는데 나는 내 첫 사회생활을 시작했던 첫 직장을 그만두고 나 홀로 도쿄 여행을 가기로 마음먹었다.

나는 취미가 '일본 여행 가기'라고 말할 수 있을 정도로 틈만 나면 일본 여행을 다녔었는데 그러다가 문득 많고 많았던 나의 일본 여행 중 정작 일본의 수도인 도쿄는 단 한 번도 가보지 못했다는 생각에 마침 도쿄에서 공부중인 사촌언니도 만날겸 도쿄행 비행기를 끊었다.

그간 수 없이도 많은 일본여행을 해왔던 나인데도 웬지 도쿄행 비행기에 앉아있는동안은 비행 내내 머릿속은 '내가 드디어 도쿄에 간다니. 길은 잘 찾아갈 수 있을까? 도쿄타워는 얼마나 크고 멋있을까?' 등등 기대감과 설레임으로 가득 차 있었다. 익숙한 안내음성에 따라 도착한 나의 첫 도쿄는 아주 강렬했다. 따스함과 추위가 공존했던 2월 말의 도쿄는 수 많은 사람들로 붐볐고 볼거리와 먹을거리, 그리고 구경할거리들로 가득 차 있었다.

도쿄 여행은 즐거웠고 행복했지만 그 속에서 굳이 힘들었던점을 꼽으라면 나는 당연 지하철 이용을 꼽겠다. 그 이유는 한 회사에서 운영하는 우리나라 지하철과는 달리 노선마다 기차마다 회사가 모두 다 다르고 많은 사람들만큼이나 복잡한 노선과 어지러운 출구 덕분에 한참을 지하에서 헤메었던 기억이 난다.

나는 그럴때마다 내 특유의 친화력으로 얼마 못하는 일본어를 섞어가며 바디랭귀지와 함께 사람들에게 길을 물어보곤했었다. 하루는 사촌언니와 만나기로 한 장소를 혼자 찾아갔어야했는데 약속시간은 다 되어가고 언니가 말한 그 곳은 아무리 한참을 찾아봐도 가는 길을 모르겠던 것이다. 그래서 여느때와같이 서툰 일본어로 사람들에게 길을 물어 다행히 친절한 아주머니분을 만나 그 아주머니께서 직접 내가 말한 장소까지 데려다주셔서 겨우 언니를 만날 수 있었다. 약속장소에 도착한 언니는 어떻게 이 복잡한 도쿄 지하철에서 한 번에 길을 찾아올 수 있었냐며 놀라 물었다. 그래서 여러 사람들에게 길을 물어 찾아왔다고 말하며 어떤 아주머니께서 데려다주셨다는 이야기를 하자 도쿄에서 고등학생 시절을 보내고 대학교를 다니는 중이라 일본 사람들의 문화와 도쿄를 잘 알고있던 사촌언니의 말은 나를 깜짝 놀라게했다.

일본 사람들은 개인주의적 성향이 강해 길을 지나는 사람에게 말을 걸어도 대꾸는 커녕 쳐다도 보지 않는 사람들이 대다수이고 설령 길을 물려 말을 걸어도 무시하고 그냥 지나간다는 것이었다. 그러나 내가 만났었던 일본 사람들은 다행히(?) 친절한 사람들만 만났던건지는 몰라도 적어도 내겐 관광객에게 친절한 사람들이었다.

후에 나는 생각해보았다. 양쪽 귀에는 이어폰을 꽂은채 빠른 걸음으로 앞만 보고 걸어가던 그 사람들에게 내가 만약 용기를 내어 길을 묻지 않았더라면 나는 제시간에 언니를 만날 수 있었을까? 어쩌면 내게 했던 언니의 말은 '일본 사람들은 개인주의적 성향이 강해 남에게 관심이 없다'는 프레임을 씌우고 그들을 바라봐서 말을 걸기도 전에 사람들 스스로가 그 사람들을 그렇게 판단하고 생각해서 자신도 모르는 벽을 세우고 있는 것은 아닌가' 하는 생각이 들었다.

그 일이 있고난 후 느낀게 하나 있다면 '보이는대로 판단하지 않기'이다. 겉으로는 차갑고 냉정해보일지라도 그 속은 여리고 따뜻한 구석이 있을 수도 있는 법이다. 마치 개인주의 성향이 강해 남에게 관심없다는 일본 사람들 중 한명이 내게 직접 길을 알려준 일화처럼말이다.

Türkiye/Istanbul.

가장 뜨겁고 사랑스러웠던 여름의 한중간.

어느덧 녹음이 무성해지고 시원하지만 햇볕에 잘 물들은 따스한 바
람이 살갗을 간지럽히던 그 계절, 여름의 한 중간에 만났던 터키는 나
에게있어 사랑스러운 여름 그 자체였다.

약 11시간이 넘는 지루한 비행끝에 만난 터키는 답답했던 비행의

고통이 싹 사라질듯이 정말 좋았다. 카파도키아의 신비한 유적지와 유네스코 지정 세계문화유산인 파묵칼레, 그리고 어딜가나 연예인이 된 듯한 느낌을 주었던 나에게 친절하고 관심 많던 터키인들 등등. 여러 나라를 여행한 나에게 터키는 아직 내가 만난 가장 사랑스러운 여름이다.

한 여름 무더운 열기를 피해 도시 중심가를 가로지르는 트램을 탔다. 이스탄불. 터키의 수도이자 아시아와 유럽의 경계에 위치해 동서양 문화가 공존하는 역사와 문화의 도시.

여느 복잡한 수도와 다르지않게 수 많은 사람들로 꽉꽉채운 트램은 발 디딜 곳조차 없었다. 겨우 손잡이 하나를 찾아 잡고선 위태롭게 중심을 잡으며 가고있었는데 실수로 그만 앞에 앉아있던 할아버지의 발을 밟아버리고 말았다. 너무 당황한 나머지 터키의 간단한 의사소통도 할 줄 몰랐던 나는 "오우 쏘리"하며 미안한 표정과 말투로 할아버지에게 진심을 담은 사과의 말을 건넸다. 그러자 할아버지께서는 스윗한 표정으로 내게 윙크 한 방을 날려주었는데 우리나라와는 너무 다른 반응에 적응하지 못했던 나는 일주일간 터키에 머무르며 그들의 따뜻한 마음에 매료되고말았다. 가장 기억에 남는 일화를 들려주자면 체리 아주머니 이야기이다.

관광지에서 조금 벗어난 한적한 마을을 돌아보던 중 우리 일행은 체리를 따고 집으로 돌아가던 한 아주머니를 만났다. 푸른빛의 청색 민소매를 입고 있었던 그녀는 뜨거운 햇살아래에 팔과 얼굴이 그대로 노출이 된 채 일한 듯 벌겋게 달아오른 피부와 눈가에는 자글자글한 주름이 있었다. 하지만 보는 사람들로 하여금 기분이 좋아지게 만드는 눈 웃음을 가지고있었다. 어디로 가는 중이냐는 그녀의 말에 우리는 '그냥 동네 한 바퀴를 돌아보고 있어' 라고 대답하였고 시간이 괜찮다면 자신의 집으로 놀러오라는 말에 선뜻 동의를 하였고 그녀를 따라 얼마 떨어지지않은 곳에 위치한 그녀의 집으로 함께갔다. 여기서 몇 몇 독자분들은 '모르는 사람을 왜 따라가지?' 또는 '위험한거 아니야?'라고 생각할 수 있겠지만 터키인들은 우리 한국인을 대할때 형제의 나라로 생각하며 그들의 형제처럼 대하거나 또는 그들이 믿는 신과 종교에 의하면 모르는 사람에게 베푸는것들이 곧 그들이 믿는 신에게 하는것이나 다름없다고 믿어 친절이 몸에 베인 사람들이다. 그녀를 따라 집으로 들어가자 그녀의 남편과 가족들이 모두 우리를 반겨주었다. 뜨거운 햇살아래서 힘들게 농사지은 체리 한 박스를 기꺼이 선물로 내주며 멀리서 왔는데 고생했다며 마당 테이블에 우리를 앉히곤 커피와 터키젤리로 우릴 마중해주던 지구 반대편의 따뜻했던 사람들. 언어도 문화도 모두 다르지만 따스한 눈빛과 미소로 우릴 반겨주던 그 사람들은 내게 기브앤 테이크가 아닌 기브앤 기브를 알려준 사람들이다. 생김새도 언어도 문화도 모두 다른 타인에게 진심을 담은 친절을 나는 과연 베풀 수 있을까? 하는 생각이 들었다. 그녀와 그녀의 가족뿐만 아니라 터키에서 만난 택시기사님, 길 가던 대학생 등 모든 사람들이 우리에게 한결같이 대해주었다.

그리고 또 한명의 기억에 남는 사람이 있다면 시인이 꿈이라던 친구였는데 내 이름 석자로 즉석에서 시를 적어주었다. 너무나도 아름다운 표현으로 처음 보는 나를 아낌없이 칭찬해주던 그 아이. 아직도 내 사진앨범 한 켠에는 그들의 조각들이 남아있다.

그 덕분에 뜨겁고, 뜨겁다못해 기분나쁜 습도로 늘 내게 불쾌지수만 안겨주던 여름이 어쩌면 더 사랑스러워진 이유라고도 할 수 있겠다. 뜨거운 태양아래 온전히 그 계절에만 수확할 수 있는 과실들을 땀흘리며 수확하고 처음 보는 낯선 타인에게 그 모든걸 아낌없이 베풀며 살아가는 사람들. 언젠가 나도 그 사람들처럼 아무 이유없이 아무 조건없이 다른 누군가를 사랑하며 더 큰 마음으로 베풀 수 있기를.

TAIWAN/Taipei.

첫사랑은 영원하다.

첫사랑은 왜 영원할까? 그건 바로 첫사랑만큼 강력한 다음 사랑이 없기에 그래서 첫사랑은 늘 첫 사랑이기에 영원한 것이 아닐까? 하는 나의 생각이다. 대만을 처음 마주했던 여름을 지나서 돌고 돌아 또 다시 가을이 오기까지 내가 가장 사랑하는 곳. 그리고 누군가 내게 "가장 좋아하는 해외 여행지가 어디세요?"라고 묻는다면 고민도 않고 바로 대만이라 대답하겠다. 그만큼 대만은 내가 가장 애정하고 사랑하는 여행지이다. 물론 지난 겨울 머물렀던 유럽만큼 예쁘거나 웅장하거나 그런 것들은 부족할 수 있겠지만 그럼에도 불구하고 '대만'이라는 나라는 내게 아주 큰 영감과 무수한 따스했던 기억을 안겨주었다.

나의 첫 대만여행은 스무살로 거슬러 올라간다. 뜨겁디 뜨거운 태양이 정수리 바로 위에서 자신의 존재감을 강렬히 내리쬐던 그 여름, 나는 대만에 도착했다. 사실, 그때까지도 나는 대만이라는 나라에 대해 아는것이 많이 없었다. 그냥 홍콩처럼 중국근처에 있는 작은 중화권 나라이며 웬지모를 이름과 분위기때문에 상당히 후진국일 것이라는 생각에 갇혀있던 나는 타이베이 공항에 내리자마자 망치로 머리를 한 대 맞은듯이 상당한 충격에 휩쌓였다. 서울만큼이나 아니 서울보다 더 복잡하고 정교한 메트로와 서울의 남산타워처럼 우뚝 서서 타이베이를 환히 밝히고 있는 101타워의 웅장한 모습에 깜짝 놀라고 말았다.

나에게 대만은 첫사랑의 이미지인데 내가 좋아하는 로맨스 영화 대부분이 대만영화이기 때문이다. 그리고 대만 사람들 특유의 친절함과 대만에서만 느낄 수 있는 분위기를 사랑한다.

가장 좋아하는 여행지를 추천한다면 주저않고 지우펀을 추천하겠다. 지우펀은 수도인 타이베이에서는 버스로 약 1시간 20분 거리에 떨어져 있는 근교 여행지이지만 대만의 옛스러운 분위기를 흠뻑 느낄 수 있는 곳이다. 많은 사람들이 알고 있는 센과 치히로의 행방불명이라는 영화의 모티브가 된 곳이기도 하다. 가장 먼저 떠오르는 이미지는 바로 깜깜한 저녁 하늘의 어둠을 환히 밝히는 수 많은 홍등인데 홍등뿐만 아니라 갖가지 먹을거리와 아기자기한 소품샵이 줄지어 있어 관광객의 마음을 빼앗기에 충분한 곳이다.

선선한 가을밤, 트렌치자켓을 꺼내입고 지우펀에서 후식으로 땅콩아이스크림을 먹으며 친구들과 함께 홍등에 소원을 적어 날려보내본 기억이있다. 그 때 마침 항상 즐겨보았던 대만 로맨스 영화의 한 장면 속에 들어온듯 수 많은 사람들의 소원을 간직한 채 하늘 위로 높이 날아가던 밤 하늘을 수 놓은 홍등의 모습은 아직 잊을수가 없다. 살면서 그렇게 로맨틱한 장면을 본 적이 있었나. 마치 영화속의 주인공이 된 듯 나는 그저 넋을 놓고 조금씩 멀리 사라져가는 홍등을 바라볼 수 밖에 없었다.

지우펀에서 다시 버스를 타고 돌아와 타이베이 시내로 돌아와서지는 밤이 아쉬워 야시장으로 향했다. 야시장은 언제 밤이 찾아왔냐는듯 환한 조명과 여기저기 왁자지껄 붐비는 사람들로 인산인해를 이루고 있었다. 각자의 상품들과 간식들을 파는 상인들의 소리에 언제나 늘 시끌벅적한 활기가 넘치는 곳. 바로 스린 야시장이다. 야시장에서 나는 늘 지인들에게 줄 조그만 선물들과 간식거리들을 사곤 하는데 마트와는 다르게 가볍게 흥정하는 재미도 있고 볼거리가 아주 많아 한 바퀴 걸으면 시간이 훌쩍 지나가버리는 개미지옥과 같은 곳이다.

이런 대만을 어찌 사랑하지 않을 수 있겠는가. 하나부터 열까지 마음에 쏙 드는 곳 투성이라 다음 생에 태어난다면 대만 사람으로 태어나고 싶다는 생각까지 들게 만든 곳이다.

영원한 내 첫사랑 대만 안녕.

Germany/Heidelberg.

추운 겨울 끝에 만난 동화 속 세상.

친구가 독일로 유학을 떠난지 벌써 몇 해가 지난 후 드디어 독일에 갈 수 있는 기회가 되었다. 그렇게 내 첫 유럽여행은 독일이 되었다. 솔직히 말해 유럽여행하면 3초 안에 딱 생각 나는 나라는 프랑스와 스위스 영국 이렇게 세 나라밖에 없던 내게 독일은 우연히 다가온 여행지였다. 단순히 친구가 유학생활을 하고 있는 나라에서 출발해 지금 나에겐 또 가고 싶은 유럽 국가 1순위일지도. 물론 아직 나는 프랑스 파리나 영국 런던에 가본 적이 없다. 하지만 물가나 내가 좋아하는 초콜릿이 잔뜩 있는 독일은 충분히 매력적인 나라였다. 분명 뼈가 시리도록 차가운 바람이 내 뺨을 할퀴던 겨울이었는데 풍경은 왜 그렇게나 따뜻하고 어여쁜지. 친구와 함께 여행했던 소도시 하나하나가 모두 동화 속에 온 듯한 착각을 불러일으켰다. 그 중 하이델베르크는 뭣도 모르고 얇은 목 폴라티에 자켓 하나 걸치고 갔다가 아주 동상에 걸려 얼어죽을뻔했지만 그런 추운 기억은 다 미화된 듯 지금 내게 남은 건 아름다운 도시와 물감에 물든 듯 노랗게 빛나는 노을진 하늘 사진 뿐이다. 그리고 기차역이나 버스 정류장 근처에서 쉽게 볼 수 있었던 단돈 2유로짜리 길거리 피자는 세상에서 피자를 제일 좋아하는 내겐 아주 천국이나 마찬가지였다. 그리고 버스로 국경을 넘어 도착한 야경이 아름다운 도시 체코 프라하는 말이 안되게 너무 예뻐서 할 말을 잃게 만들었다. 물론 여행을 가서 다 좋은 기억만 있는 것은 아니었다. 여행을 다녀옴으로써 지금 내가 살고 있는 이 대한민국이 얼마나 살기 좋은 나라인지 깨닫게 되는 경우도 많았는데 프라하에서 소매치기범을 마주한 그 순간 우리나라 사람들이 휴대폰으로 카페에서 자리를 맡을 수 있다는 것에 참으로 감사함을 느꼈다. 나와 눈이 마주치고도 뻔뻔하면서도 태연하게 걸어가는 그 남자의 뒷모습을 보고 있자니 씁쓸함과 안도의 마음이 동시에 몰려왔다. 생전 처음보는 낯설고 아름다운 풍경과 처음 맛보는 맛있는 음식들 그 한 편으론 그런 어두운 이면도 함께 공존하고 있다는 것을.

나는 여행에 대해 지금까지 살면서 경험해보지 못했던 다양한 경험을 하는 것이 여행이 우리에게 주는 가장 큰 장점이라고 생각한다. 하지만 그러한 부분들과 동시에 새로움을 마주하면서도 이미 우리에게 주어진 익숙한 것들에 대해 감사함을 느낄 수 있는 것도 얼마나 큰 행복인가. 그래서 앞으로 나는 여행을 하고 있지 않은 지금도 그리고 여행을 하고 있을 나중도 일상과 여행을 구분않기로했다. 물론 여행을 가면 '쉼'이라는 아주 큰 부분도 있겠지만 '일상도 여행처럼 보낸다면 얼마나 행복할까' 하는 생각을 종종 하곤 한다.

우리에게 주어진 오늘이 그리고 지금 흘러가는 이 모든 순간이 여행지에서 마주한 영원히 놓치고 싶지 않은 새로운 날들처럼 소중히 보낼 수 있기를. 오늘 이 하루가 내게 가장 큰 선물이라는 것을 꼭 기억하기로.

그래서 나는 오늘도 여행하는 중입니다.

나너의 기억 My Your Memory

지현

지현   지난 3년 동안 꼬박 집에만 머물렀다. 할 게 없어서 핸드폰에 저장된
       오래된 앨범을 보거나 책을 읽으며 무료한 시간을 보냈다. '읽기'를 하
       다 보니 '쓰기'가 하고 싶어졌다. '쓰기'를 해 보니 '읽기'가 더 편하고
       좋다는 걸 알게 됐다. '걷기'가 유일한 취미인데, 걷다 보면 앞서 걷는
       사람들의 뒷모습을 보게 된다. 가끔씩 미술관에서 작품을 감상하며 일
       탈을 꿈꾼다.

       이메일: guard6633@naver.com

안국역 1번 출구로 나와 의식의 흐름대로 걸었다. 안국빌딩을 돌면 여학교 돌담이 쭉 이어진 독립여성의 길이 보인다. 저만치 나란히 걷고 있는 커플의 뒷모습이 애틋하다. 살면서 자신의 뒷모습을 본 적이 몇 번이나 있을까. 나의 뒷모습이 신경 쓰였던 적이 있었다. B와 나란히 걸을 때면 뒷모습을 보여주지 않으려고 반발 짝씩 뒤따라 걷기도 했었다. 피식 웃음이 나왔다. 우리는 걷다 보면 흑백 영화 속의 남녀주인공이 된 듯 착각이 든다며 이 돌담길을 좋아했다. 멀리서 봐도 눈에 띄는 외모를 가진 B와 누가 봐도 전형적인 한국 여자는 주변의 시선은 아랑곳하지 않고 쉴 새 없이 스킨십을 하며 사진을 찍어댔었다. 익숙한 공간 속에 스며든 3년 전의 기억은 현대미술관 앞에서 멈췄다.

오전 10시가 조금 넘은 시간이지만 햇빛은 미술관 앞 광장에 가득 들어차 있었다. 입구에는 〈나너의 기억 My Your Memory〉이라는 현수막이 온몸으로 빛을 발하고 있었다. 나너의 기억. 만약 어학당에서 글쓰기를 하는데, 학생이 제목을 나너의 기억이라고 썼다면 빨간

펜으로 쭉 긋고 올바른 문법으로 고쳐주었을 것이다. 한국어 문법이 익숙하지 않은 외국인 친구들한테는 종종 있는 일이므로 친절하게 코멘트를 달아주었을 것이다. 그러나 문법을 파괴한 은밀한 기호 같은 이 언어는 어떤 의미가 담긴 것일까. 무언가를 기억해 내려는 듯, 아니면 기억을 지우려는 듯 애써 힘을 들여 펄럭이고 있는 현수막을 잠시 미간을 찡그리며 바라보았다.

미술관 로비는 유명한 컬렉션을 보려는 사람들로 북적였다. 몇 달 전부터 예약을 해야만 볼 수 있는 컬렉션이었다. 금요일 오전 10시면 대부분 직장에 있거나 학교에 있을 시간이 아닌가. 한 달 전까지, 적어도 나는 그랬다. 평일에 학교나 직장이라는 공간을 벗어난 적이 있었던가. 방학이나 휴가 기간에도 온전히 집에서 쉬어본 기억은 없다.

전시관 입구에 깔끔한 정장 차림의 직원이 서 있었다. 편하게 입은 나의 옷차림과는 대조적이었다. 혹시 복장 때문에 문제가 될 수도 있을까 생각이 들어 주변을 둘러봤다. 크게 문제 될 것 같지는 않아 보였다. 내가 다가가자 직원은 예약을 했는지 물었고 나는 핸드폰을 펼쳐 전날 예약한 화면을 보여주었다.

"엘리베이터를 이용해 지하 1층으로 내려가시면 됩니다. 즐거운 관람 되시길 바랍니다."

직원의 준비된 멘트는 깔끔한 정장 차림과 잘 어울렸다. 그의 친절을 뒤로 하고 지하 1층으로 내려가 5전시실로 향했다. 북적이던 로비와 달리 전시실은 한적하고 조용했다.

들어가자마자 보이는 첫 작품은 앤디 워홀의 〈수면〉이라는 작품이었다. 십육 미리 필름으로 제작한 흑백 영상이 정지화면처럼 느리게 흐르고 있었다. 화면 속에는 워홀의 친구 존 지오르노가 거의 미동도 없이 자고 있었다. 그의 자는 모습을 5시간 21분 동안 카메라에 담은 워홀의 의식 세계가 궁금해 작품의 옆 벽면에 코를 바짝 대었다. 그날 하루 경험하고 취득한 정보를 뇌에 저장하거나 삭제하면서 기억이라는 서사를 만들어 내는 과정을 보여주고자 했다고 쓰여 있었다.

그의 자는 모습을 보고 있자니 B의 모습이 떠올랐다. 깊게 들어간 눈과 긴 속눈썹이 닮은 것 같기도 했다. 우리는 휘발되는 언어보다 서로의 몸을 깊숙이 탐색하기를 더 좋아했다. 얕은 코 고는 소리를 내며 노곤하게 잠든 B의 모습을 종종 바라본 적이 있었다. 그는 무엇을 저장하고 무엇을 삭제했을지 나는 알지 못했다.

3년 전 봄학기. 마스크 시대가 오기 전이었다. 나는 K대 어학당에서 외국인 학생들에게 한국어를 가르치고 있었다. 7년 차에 접어들자 신규 선생들은 베테랑이라며 부럽다고 했지만 여전히 계약직에 불과했고, 재계약을 할 때마다 지난 강의 평가와 실적이 영향을 미쳤다. 이는 신규든 경력자든 계약직이라면 누구나 예외가 없었다. 나는 학생들에게 카톡과 전화를 수시로 해대며 지각하지 않도록 재촉했고, 말없이 공장으로 사라지지 않도록 관리했다. 그리고 전원이 최소 70점이라도 받아서 진급할 수 있도록 애를 쓰며 가르쳤다. 매달 나가는 학자금 대출금과 생활비를 생각하면 인정받는 강사가 되어야 했다. 나는 돈을 벌어야 했다.

K대 어학당은 명성에 걸맞게 타 대학보다 체계가 잘 잡혀있었고 강사들 실력도 뛰어났다. 나는 7년 전 첫 강의 때부터 초짜가 아니라 베테랑처럼 보이기 위해 깔끔한 정장을 입고 늘 바삐 움직였다. 누구보다 일찍 출근하고 늦게 퇴근했다.

　　주 5일은 어학당에서 근무하고 토요일은 한국으로 발령 난 다양한 국적의 직장인들 대상으로 그룹 과외를 했다. 국적을 불문하고 학생의 신분을 벗어난 직장인들은 교재에 나와 있는 정확한 문법이나 발음은 관심이 없었다. 그들은 교재 밖 세상에 더 관심이 많았으며, 갈비와 소주를 좋아했고 원조라고 불리는 전통 맛집을 알고 싶어 했다. 신기한 나라에 온 듯 내 주변의 모든 것을 신기한 눈으로 바라봤다. 나는 신기한 사람으로 보이지 않기 위해 주말에도 청바지보다는 바지 정장을 입었고, 질서를 벗어난 그들의 문법을 고치려 애를 썼다. 매주 금요일 저녁 8시부터 10시까지는 중급반 담임인 최 선생의 고3짜리 조카에게 논술을 가르쳤다. 시간이 곧 돈이었기에 시간을 허투루 쓰지 않으려고 했다. 그리고 통장에 돈이 조금씩 쌓일 때면 사이트에 들어가 해외에 있는 세종학당 채용 공고를 뒤졌다.

　　금요일은 격주로 한국문화를 체험하는 날이었다. 그날도 그런 날이었다. 학생들을 데리고 경복궁을 갔다가 어설픈 한국어로 길을 묻는 B를 만난 게 첫 만남이었다. 깊고 푸른 눈으로 사진을 찍고 있던 그는 현대미술관이 어디 있는지를 물었고, '한국어를 잘 몰라요'라는 그의 간절한 푸른 눈빛을 알아채고 직접 그를 미술관 앞까지 데려다주었다. 친절한 한국 여자는 처음 봤는지 연락처를 물었고, 나는 명함을 주며 토요일에 시간이 된다면 한국어도 배우고 친구들도 소개해 주겠다고 했다. 그는 구세주를 만난 듯 환하게 웃으며 반겼다. 나는 이렇게 회원 한 명이 더 생겼다고 속으로 기뻐했다.

B는 호주에서 사진을 전공했다고 했다. 그는 전시회에서 우연히 알게 된 한국 사람들의 이야기를 듣고 한국이 궁금해서 왔다고 했다. 자기가 생각했던 것보다 사진이 잘 나올 것 같다며 돌아가면 잡지에 사진을 투고할 예정이라고도 했다. 그는 전통과 현대가 복합적인 도시는 처음 봤다고 했다. 내가 태어나고 자란 도시라고 했더니 긴 속눈썹을 깜빡이며 연신 '뷰티풀'이라고 했다. 나는 도시가 뷰티풀이라는 건지 내가 뷰티풀이라는 건지 물어보려다 말았다.

과거와 현재가 공존하는 이 도시는 지구 반대편에서 날아온 이방인에게는 낯설고 신비롭다. 그런 도시가 나의 어깨를 짓누르며 숨통을 조여올 때가 있다. 치열하게 경쟁하고 맞서 싸워 그러쥔 것을 내어 줄 때. 그럴 때면 나는 어떻게든 이곳을 벗어날 방법을 찾았다. 세종학당은 이곳을 벗어날 수 있는 유일한 곳이었다.

나는 B의 카메라에 저장된 사진이 궁금했다. 그는 기억을 저장하기 위해서 사진을 찍는다고 했다. 자신이 찍은 사진 속엔 당시의 냄새, 소리, 분위기, 표정과 이야기도 저장되어 있다고 했다. 그는 자신이 좋아하는 사진 몇 장을 보여줬다.

"전부 뒷모습인데?"

"뒷모습엔 그 사람의 진짜 표정이 있거든. 앞모습에서 볼 수 없었던 표정말야."

나는 그의 언어를 이해하지 못했다. 예술가의 언어는 그들만의 은밀한 기호 같다. 뒷모습에서 진짜 표정이 보인다는 게 무슨 뜻일까.

그가 렌즈에 담은 사람들의 뒷모습을 보았다. 보이지 않는 것을 보기 위해 눈을 크게 떠보았다. 프레임 속의 그들은 서로 다른 세계에 살고 있지만 어딘가 닮은 것도 같았다. 문득 나의 뒷모습은 어떤 표정일지 궁금해졌다. 그에게 비추어졌을 나의 뒷모습이 신경 쓰여 척추를 곧추세우고 엉덩이에 힘을 줬다.

나는 매주 일요일에 안국역에서 B를 만나 미술관으로 향했다. 그는 기억하기 위해 그림을 그리고 기억하기 위해 사진을 찍는 예술가들의 이야기를 했다. 나는 예술가들은 왜 애써 기억하려고 하는지 모르겠다고 했다. 나는 기억하고 싶지 않은 과거는 전부 사라졌으면 좋겠다고 했다. 가령 갑자기 아빠가 돌아가시자 집안의 질서가 한순간에 무너졌다든지, 생활비를 보태기 위해 쉬지 않고 일을 해야 하는 것들 말이다.

그는 나의 말을 집중해서 들었다. 그가 이해했건 못했건 휘발되는 언어는 중요하지 않았다. 그저 나의 말을 들어주는 그가 좋았다. 우리는 다른 연인들처럼 북촌 골목 골목의 맛집을 찾아다니고 SNS에서 유행하는 카페를 찾아 사진을 찍고 공유하기도 했다. 저녁은 집에서 해 먹자며 같이 마트에서 장을 보았고 B는 나를 자신의 숙소로 이끌었다.

"너의 까만 눈을 보면 우주 속으로 빨려 들어가는 거 같아. 마치 블랙홀처럼."

B는 블랙홀에 빨려 들어가는 우주인처럼 말하면서 내 눈에 키스했

다. 연인은 망막을 거쳐 뇌에 들어오는 어떠한 정보도 놓치지 않고 저장하려는 듯 서로의 눈을 바라보았다. 이해되지 않는 언어는 중요하지 않았다. 언어의 소통보다는 몸짓의 대화로 서로의 몸을 탐색하며 깊은 바닷속을, 끝없는 우주 속을 유영했다.

B를 만났던 1년 동안은 행복했다. B는 가늘고 긴 손가락으로 내 머리카락을 쓸면서 호주로 같이 가자고도 했다. 나는 한 번도 가보지 않은 미지의 세계가 궁금했다.

"거기도 세종학당이 있겠지?"

"아마 있을걸."

나는 보이지 않는 것을 보는 그의 눈을 가만히 바라보았다. 그의 깊고 푸른 눈은 하늘 같기도 하고 바다 같기도 했다. 독립은 늘 바라던 꿈이었지만 현실은 나를 놓아주지 않았다. 기억하고 싶은 것만 기억하는 엄마와 구원의 손길을 뻗는 동생이 나의 현실이다. 나는 돈을 벌어야 했다.

B는 호주에서 기다리겠다는 약속을 하고 떠났다. 출국장에서 그의 뒷모습을 보았다. 기다리겠다는 약속은 진짜였을까. 나는 그의 뒷모습에서 진짜 표정을 읽지 못했다. 그가 나에 대해 무엇을 저장하고 무엇을 삭제했을지 알지 못했다.

B가 떠나고 한 달 후, 더 이상 비행기는 하늘을 날지 못했다. 물리적 거리가 멀어지니 마음의 거리도 희미해졌다고 생각했다. 뜨거운 무언가가 나의 오감을 자극했다. 3년이 지났지만 몸의 감각은 아직도 그를 기억하고 있었다. 나는 전시관을 나와 화장실로 가서 거울을 보았다.

마스크로 가려진 얼굴이 붉어졌다. 이내 몸을 틀어 거울 속 뒷모습을 보았다. 마스크로 가려진 얼굴처럼 표정이 보이지 않았다.

다시 전시관으로 들어가 〈수면〉을 지나 다른 작품들을 둘러보았다. 허만 콜겐의 〈망막〉이라는 작품에는 사이버 공간의 여자가 눈꺼풀을 계속 깜빡이고 있었다. 시각 정보가 뇌를 거쳐 기억으로 저장되는 과정을 영상으로 연출한 것이다. 문법을 파괴한 작가들이 만든 공간에서 예술 작품을 감상한다는 건, 보이지 않는 것을 보는 눈을 만들어 주는 그들만의 세계가 있기 때문이야. 이것이 내가 미술관에 오는 이유이기도 하지. 어디서 B의 목소리가 속삭이듯 들리는 것 같았다.

환청이 왼쪽 엉덩이에서 미세한 진동 울림으로 이어졌다. 은주 샘 문자였다.

[권은주예요. 윤경 샘, 어떻게 지내요? 이곳에 온 지 벌써 3개월이 지났네요. 전 한인 타운 식당에서 알바하면서 현지인들에게 무료로 한국어를 가르치고 있어요. 힘들지만 그래도 재미있어요. 샘, 봄학기까지 하고 그만뒀다는 얘기 들었어요. 갈 데는 정해졌어요? 아직도 코로나 때문에 힘들죠? 이곳은 그래도 상황이 좀 나은 편이에요. 한국에 못 가니까 이곳에 한국어 수업 개설해 달라는 문의가 많은가 봐요. 곧 좋은 소식 있을 것 같아요.]

은주 샘은 나보다 한 살 어리지만 한국어 강사 경력은 선배다. 학생들에게 만만하게 보이면 안 된다며 수업 시간에는 지나칠 정도로 엄격했다. 그래서인지 은주 샘 반은 시험에서 늘 1등이었다. 똑 부러지는 데다 발도 넓어 꽤 명성이 있는 어학당에 아는 사람도 많고 정보도 많았다. 신입 시절 허둥대며 다니는 내가 자신의 첫 부임 때 모습을 보는 듯하다며 마치 친동생처럼 대해주었다. 수업 시간에 뒷모습이 보이지 않게 판서하는 방법과 정확한 모음 발음을 보여주기 위해 되도록 빨간색 계열 립스틱을 발라야 한다는 것도 은주 샘이 알려주었다. 나의 앞가림을 챙겨주는 은주 샘은 친언니 같았다. 친언니가 있으면 어떨까 잠시 생각해 본 적도 있었다. 초짜였던 나는 무엇이든 해야 했던 상황이었고 은주 샘의 조언엔 늘 귀를 기울였다.

코로나19는 어학당에 큰 타격을 주었다. 학생 수가 급감하자 몇몇 강사들은 짐을 싸야 했다. 급하게 줌으로 대체한 수업은 언어 전달이 원활하지 못했고 학생들 관리도 쉽지 않았다. 그러나 장점도 있었다. PPT를 띄워 설명하면 되므로 판서가 필요 없다는 점. 정장 바지를 입지 않아도 된다는 점이다. 올봄부터 조금씩 풀려 교실 수업과 병행하고 있지만 회복하기에는 역부족이었다.

은주 샘은 학생이 올 수 없다면 학생들이 있는 곳으로 가면 된다며 올봄에 울란바토르로 떠났다. 코로나가 언제 사라질지 아무도 모르잖아요. 세종학당 티오도 언제 생길지 모르고요. 마냥 기다릴 수만은 없어요. 내 길은 내가 찾아 나서야죠. 그녀는 그렇게 말하고 떠났다. 나는 무작정 떠날 수 있는 그녀의 용기가 부러웠다. 똑 부러지는 그녀가 하는 일은 전부 정답처럼 보였다.

반가운 마음에 통화 버튼을 누르려는데 전화가 왔다. 엄마다. 이 시간에 전화라니. 엄마는 내가 오전에 수업하고 오후에 회의하는 시간에도 전화를 해댔다. 급한 일인가 싶어 받으면 당뇨 약 받으러 병원에 가는 날이라며, 김칫거리 사러 장에 가야 한다며, 성남 이모네 가야 한다며, 동대문시장에 물건 가지러 가야 한다며 몇 시까지는 데리러 와야 한다는 통보였다. 부탁도 아닌 통보.

"왜 매번 나야? 급하면 택시 타고 갔다 오면 되잖아. 바빠."

나는 미간을 찌푸리며 짜증 섞인 목소리로 대꾸했다.

"택시비가 얼만데. 네 차가 있는데 왜 길에다 돈을 써."

엄마는 늘 이런 식이었다. 길에다 버리는 나의 시간과 기름값은 제외되어 있었다. 나는 한국어 교재 말고도 오래된 냄새를 가진 무거운 짐을 차에 싣고 다녔다.

진동이 계속 울렸다. 나는 받지 않았다. 통화 후 소환되는 불편한 감정을 이 공간에 퍼뜨리고 싶지 않았다. 지금은 누구한테든 방해받고 싶지 않았다. 이런 곳에서는 추레한 나를 감추고 우아한 사람처럼 보이길 바랐다. 평일에도 직장이 아닌 미술관에 올 수 있을 정도로 경제적으로나 심리적으로 여유 있는 사람처럼 보이고 싶었다.

핸드폰을 가방에 넣고 천천히 작품을 둘러보면서 좀 더 안쪽으로 들어갔다. 임윤경, 〈Q&A〉. 나와 이름이 같은 작가가 있다니. 흔한 이름인데다 예술과는 거리가 멀다고 생각했는데, 미술관에서의 '윤경'은 왠지 예술가처럼 느껴졌다. 이름이 같은 작가는 어떤 기억을 저장하고 있는지 궁금했다. 그의 특별한 기억을 기대하며 나는 좀 더 가까이 다가가 보았다. 두 개의 액자형 프레임 속에서 두 여자가 서로 마주

보며 끊임없이 무언가를 말하고 있는 영상이었다. 내 또래로 보이는 여성이 헤드폰을 쓰고 대화를 듣고 있었다. 나도 영상 속 여자가 뭐라고 말하는지 궁금해 헤드폰을 썼다. 오른쪽 나이 많은 여자는 가정부고 다른 여자는 고용주의 딸이었다. 각자 자기 얘기를 하고 있었다.

또다시 에코백 안에서 진동이 울렸다. 핸드폰 액정에서 퍼지는 파동이 엄마의 재촉하는 목소리처럼 들렸다. 나는 주변을 두리번거리다가 들어온 입구 쪽으로 나갔다. 복도에는 몇몇 사람들이 있었기에 EXIT라고 쓴 연녹색 불빛을 보고 비상계단 쪽으로 가서 전화를 받았다.

"왜 이렇게 전활 안 받니."

통화는 늘 이런 식으로 시작되었다. 나의 상황이 어떠한지는 궁금하지 않았다. 짜증 섞인 목소리로 바쁘다며 전화를 끊으려 했다.

"가게 팔렸다."

엄마는 몇 달 전 가게를 내놓았지만 보러오는 사람이 없다며 걱정을 했던 터였다.

"그때 말한 사람들이야? 젊은 부부라던."

나는 며칠 전 엄마가 젊은 부부가 가게를 보러 왔었다는 말을 떠올리며 말했다.

"내가 말했었니? 그 사람들 부모랑 어제도 왔다 가더니 아까 아침에 부동산에서 연락 왔다. 하겠다고."

아무래도 엄마는 건망증이 점점 심해지는 것 같다. 며칠 전에 한 말도 잊어버리고 아침에 한 말도 곧잘 잊어버린다. 그리고 내가 한 말도 기억하지 못한다. 기회가 되면 세종학당에 갈 거라는 말을 몇 번 한 적이 있었다. 세종학당? 거긴 왜 가는데? 엄마는 매번 처음 듣는 것처럼 묻는다. 사람이 나이를 먹고 뇌가 늙어가면 누구나 그럴 수 있다고 하지만 엄마는 기억하고 싶은 것과 잊고 싶은 것을 구분해 놓은 것 같다.

"자기만 어려운가. 다 어렵지. 오죽해야 30년 가까이 장사한 가겔 내놨을까. 김 사장한테 절대 한 푼도 못 깎는다고 일러뒀어. 그래도 그 부모가 돈은 좀 있는 모양이더라. 이 시국에 카페가 웬 말이야. 이 동네서 장사가 되겠냐."

엄마는 혀를 끌끌 차며 젊은 부부를 걱정했다.

"요즘 개발 안 된 오래된 동네에 작고 예쁜 카페가 유행이래."

"아이고, 이 동네는 순 나 같은 늙은이 뿐인데……. 윤경아."

엄마는 중요한 말을 하려는 것인지 기억을 더듬는 것인지 잠시 뜸을 들였다.

"이 돈은 윤희한테 좀 보내려고 한다. 급한 불부터 꺼야 하지 않겠니. 당장 길거리에 나앉게 생겼는데 어쩌겠니."

"또 그 얘기야. 지난번에 말했잖아. 엄마 돈인데 엄마 마음대로 하는 거지. 누가 뭐래."

나는 엄마가 가게를 내놓겠다고 할 때부터 이미 알고 있었다. 이 돈도 윤희한테로 갈 거라는 것을.

"내가 말했었니? 섭섭해하지 말라고. 너는 돈을 벌잖니. 너는 어려서부터 뭐든 알아서 잘했잖니. 그리고 넌 혼자지만 걔는 둘째까지 풀칠할 입이 넷이잖니."

그땐 나도 어렸어. 윤희만 어린 게 아니었다고. 뭐든 잘한 게 아니라 안 하면 해 줄 사람이 아무도 없었으니까. 어쩔 수 없이 한 거였다고. 엄마가 나한테 해 준 건 대학 입학금 한 번뿐이었잖아. 엄마는 왜 내 말은 기억하지 못하는 거야. 나도 바쁘다고. 힘들다고. 돈을 벌기 위해 애쓰고 있다고……. 깊숙이 담아 둔 멍울을 토해내고 싶었다. 목구멍이 막혀 소리가 나오지 않았다. 나는 전화를 끊었다. 엄마와 통화를 하고 나면 항상 불편한 감정이 몰려왔다. 그럴 때면 왼쪽 어깨와 목 사이가 짓눌린 듯 뻐근해졌다. 습관처럼 왼손 중지로 꾹꾹 눌렀다. 엄마는 늘 같은 말만 반복했다. 너는 알아서 잘하잖니. 너는 생활력이 강해서 어디서든 잘 살 거야. 너는 돈을 벌잖니.

내가 대학교 때부터 쉬지도 않고 아르바이트를 해서 생활비를 보탠 건 엄마가 옷 장사를 하며 버는 돈 대부분이 윤희한테로 들어갔기 때문이다. 네 살 터울인 윤희는 어렸을 때부터 잘 울었다. 툭하면 울었다. 왜 우는지 이유를 아는 사람은 없었다. 윤희가 울 때마다 어른들은 아이스크림을 사주기도 하고 초콜릿을 사주기도 했다. 생일이나 설날이 아닌데도 돈을 주기도 했다. 윤희는 울 때마다 하나씩 무언가가 생겼다.

윤희는 자라면서 하고 싶은 게 많았다. 중학교 때는 그림을 그려서 예고를 가겠다고 했다. 3년 동안 비싼 미술학원을 두 개나 다녔지만 결국 예고는 못 갔다. 대학도 경기도 변두리에 있는 학교에 점수에 맞춰 들어갔다. 전공이 적성에 맞지 않는다는 애를 엄마는 그래도 졸업장은 따야 한다며 꼬박꼬박 등록금을 내줬다. 동생은 이것저것 배우러 다니더니 메이크업 아티스트가 되겠다며 캠버스가 아닌 얼굴에 붓으로 그림을 그리고 색칠을 했다. 졸업할 즈음엔 얼굴이 아니라 다시 캠버스에 그림을 그리고 싶다고 했다. 그리고 얼마간 학원을 다니는 줄 알았다. 어느 날 곱슬머리에 하얀 얼굴을 한 남자와 같이 집에 왔다. 미술학원 강사라는 남자의 옆 목 부분에는 알 수 없는 문양의 타투가 미세하게 뛰었다. 동생의 같은 자리에도 비슷한 그림을 본 적이 있었다. 동생은 아이를 가졌다며 결혼을 하겠다고 했다. 엄마와 나는 한동안 말이 없었다.

윤희가 초등학교 들어가기 전에 아빠가 사고로 돌아가셨다. 그래도 아빠는 이 20평짜리 주공아파트는 남겨두셨기에 우리는 길거리에 나앉지는 않았다. 엄마는 사망보험금으로 아파트 대출을 갚고 나머지 돈으로 길 건너 우리 집보다 더 나이가 많은 아파트 단지의 두 평 남짓한 키 작은 상가를 얻어 옷 장사를 했다. 매주 수요일 새벽엔 동대문에서 물건을 떼오고, 손님이 없어도 늦은 시간까지 가게 문을 열어 두었다. 시간이 흘렀어도 엄마는 어린 윤희를 챙기지 못한 기억만을 떠올리며 늘 같은 말만 했다. 아직 애잖니. 애가 뭘 알겠어. 너는 알아서 잘하잖니. 그때는 나도 어렸지만 어리광을 부리거나 물감이나 크레파스를 사달라고 조르지는 않았다. 동생에게 한글을 가르치고 숙제를 도와주고 간식을 챙기는 것도, 학교 준비물도, 소풍날 도시락도 다 스스로 할 수밖에 없었다. 윤희가 결혼하겠다고 하자 엄마는 아파트를 담보로 대출을 받았다.

"윤경아, 너도 좀 보태줘야 하지 않겠니. 어쩐다니. 애가 애를 낳

게 생겼는데, 먹고 살 수 있게는 해 줘야 하지 않겠니. 너는 돈을 벌
잖니."

　나는 그동안 부은 적금을 깨 동생 결혼 자금에 보탰다.

　나는 아직 한 번도 비행기를 타 본 적이 없다. 구름 위를 나는 기분
은 어떨지 궁금했다. 내가 일을 해서 적금을 붓는 이유는 비행기를 타
면 어디든 멀리 갈 수 있기 때문이다. 문법의 세계가 아닌 프레임 밖의
세계가 늘 궁금했다. 쾌쾌한 먼지 냄새가 나는 이 좁은 공간을 벗어나
고 싶었다. 대학교 4학년 때 채용 공지 벽보를 매일 보고 다녔다. 어느
날, 나의 발걸음을 붙잡은 포스터가 있었다. 위에는 푸른 하늘에서 비
행기가 날고 있고 아래는 세계 지도가 그려진 포스터였다. 〈세계 곳곳
에 세종학당이 있습니다〉 나는 오랫동안 눈에 담아 두었다. 한국어 교
원 자격증을 딴것도 세종학당에 지원하기 위해서였다. 세종학당은 전
세계 80여 개 나라에 분포되어 있다고 했다. 물론 계약직에 월급도 적
지만 숙식이 제공된다고 했으니 길거리에 나앉지는 않을 것이다. 먹
고 사는 것은 어렵지 않다고 했다. 무엇보다 한 번도 가보지 않은 낯선
세상이 주는 묘한 기대감과 흥분이 좋았다. 적어도 여기보다는 나을
거라는 꿈을 꾸면서 틈만 나면 사이트에 들어가 채용 공고를 확인하
며 기회를 노리고 있었다.

　이런 일이 생길 줄은 아무도 몰랐다. 바이러스가 이렇게 오랫동안
우리를 괴롭힐 줄은 더더욱 몰랐다. 동생 남편이 일하던 미술학원에
는 더 이상 등록하는 학생이 없다고 했다. 일자리를 잃은 동생 남편

은 새벽 배송 아르바이트를 나간다고 했다. 동생은 둘째 임신으로 배가 점점 더 부풀었다. 설상가상으로 집주인은 전세금을 올려주던가, 안 그러면 집을 내놓겠다고 했다. 동생은 힘들다며 엄마에게 전화해서 울먹였다. 첫째는 어린이집을 다니고 있으니 엄마가 둘째를 봐주면 자기도 일을 하겠다고 했다. 그리고 엄마는 가게를 내놓았다.

〈Q&A〉 작품에 나오는 두 명의 여자는 각자 자기 말만 계속 반복하고 있었다. 작가는 인터뷰 영상을 마주 보게 배치해 마치 두 사람이 서로 묻고 대답하는 것처럼 만들었다. 하나의 사건에 대해 기억을 되짚으며 자기 처지에서 말하고 있었다. 왜 이 두 사람은 다른 이야기를 하고 있으며 그들이 경험한 사실이 어떻게 왜곡된 기억으로 남아 있는지 궁금했다.

핸드폰에서 기인하는 희미한 빛이 가방 틈새로 새어 나왔다. 이번엔 윤희였다. 받을 때까지 희미한 불빛은 울어댔다. 마치 바다에서 소리 없이 우는 세이렌처럼. 다시 복도로 나와 전화를 받았다.

"언니. 나 둘째 낳고 나면 네일샵 차릴 거야. 우리 동네 버스 정류장에 네일샵이 있거든. 지나가다 보면 늘 손님이 있더라고. 코로나라 장사 안된다고 해도 되는 데는 된다니까. 네일샵은 그래도 여유 있는 사람들이 가는 곳이잖아. 회원제로 운영하니까, 먹고는 살 것 같아."

동생은 이제 캠버스와 얼굴이 아닌 손톱에 그림을 그리고 색칠을 하겠다고 했다. 가게 판 돈이 네일샵으로 둔갑하는 상상을 했다. 다음엔 또 어디에다 그림을 그리겠다고 할지 알 수가 없다.

"언니는 평생 공짜로 해 줄게. 언니, 기억나? 내가 초등학교 4학년인가 5학년인가 여름 방학 때 언니 손톱에 파란색으로 네일 해 줬던 거. 그때 언니는 파란색 좋아했잖아. 노트도 필통도 다 파란색이었어. 내가 그림일기에도 언니는 파란색으로 칠해줬잖아. 옷도 파랗고 얼굴도 파래서 바다와 구분이 안 됐었지, 아마."

동생은 이미 네일샵을 차린 사장처럼 흥분한 목소리로 쉬지 않고 자기 얘기를 했다. 동생의 기억은 반은 맞고 반은 틀리다. 내가 파란색을 좋아한 건 맞지만 네일 같은 건 해주지 않았다. 동생은 초등 1학년 여름 방학 그림일기에 바다와 하늘을 칠하고 나서 파란색 색연필을 다 썼다며 내 얼굴은 초록색으로 칠했었다. 동생의 말은 공명과도 같았다.

"언니 면접 보러 간다고 할 때 내가 화장도 해줬잖아. 언니는 싫어했지만. 기억 안 나? 난 다 기억나는데……. 언니. 언니는 결혼하지 마. 애도 낳지 말고, 그냥 혼자 하고 싶은 거 하면서 살아."

나의 기억과 너의 기억은 달랐다. 과거로부터 켜켜이 쌓인 뇌에 저장된 기억들은 시간이 지날수록 서로 다르게 흘러가고 있었다. 무엇이 진실이고 아닌지는 중요하지 않았다. 이번엔 돈을 보태지 않을 것이다. 지난봄 정부가 코로나로 생계가 어려운 소상공인에게 준다던 삼백만 원도 아마 동생네로 갔을 것이다. 생활비로 매달 내던 돈도 내지 않을 작정이다. 내가 가진 것을 그러쥐기 위해 나는 온 감각에 힘을 주었다. 현실의 발목에 붙잡혀 있을 수만은 없었다. 은주 샘이 있는 곳을 알아볼 생각이다. 나도 무작정 떠날 것이다. 내 길은 내가 찾아야 한다. 은주 샘에게 전화하기 위해 전시관을 서둘러 나왔다.

　엘리베이터를 타고 1층으로 올라갔다. 로비에는 들어 올 때 보다 사람이 더 많아졌다. 복잡한 사람들 틈을 지나 나가려는데 뒤에서 누가 나를 불러 세웠다. 뒤돌아보니 K대에서 같이 일하다 작년에 E대로 옮긴 박 샘이었다.

　"어, 맞네. 김윤경 샘. 멀리서 보고 혹시나 했어요."

　박 샘은 입구의 직원처럼 나를 훑어보았다. 놀랍다는 듯 눈을 동그랗게 뜨며 말했다. 그녀의 들뜬 목소리를 들으니 마스크 속의 표정이 상상이 갔다. 이곳에서 아는 사람을 만날 줄은 몰랐다. 그것도 평일에. 당황한 나는 마스크를 고쳐 쓰고 안부를 물었다.

　"박 샘, 오랜만이에요. 잘 지냈어요?"

　"네. 저야 맨날 똑같죠. 윤경 샘은 달라진 것 같은데요? 청바지에 모자 쓴 모습을 보니 더 어려진 것 같아요. 긴가민가했는데, 뒷모습만 봐도 숨길 수 없는 선생님만이 풍기는 이미지가 있어서 딱 알겠더라고요."

　박 샘은 시끄러운 주변 소리 때문에 안 들릴까 봐 그랬는지 큰 목소리로 말했다. 박 샘은 한 번도 본 적 없는 내 뒷모습의 표정을 알려줬다. 돈을 벌기 위해 치열하게 살아야 했던 고단한 날들. 힘들지만 힘들지 않은 척, 초짜지만 베테랑인 척, 부모가 대준 학비로 유학 온 외국인 학생들보다 더 가난한 선생이지만 가난하지 않은 척, 울고 싶지만 웃고 있는 나의 뒷모습은 그런 표정을 짓고 있었다. 뒷모습엔 그 사람의 표정이 보이거든. 진짜 표정. 어쩌면 B는 나의 진짜 표정을 봤는지 모르겠다. 그가 나에 대해 무엇을 저장하고 삭제했을지 그때 나는 알지 못했다.

나는 늘어진 척추와 엉덩이에 힘을 주며 여긴 어쩐 일이냐고 물었다.

"컬렉션 보러 왔어요. 6개월 전부터 예약하고 온 거예요. 유명한 작품들이라니까, 꼭 봐야 한다고 해서요. 이번 학기 수업은 화목 이틀만 해요. 일부러 그렇게 해달라고 했어요. 아이가 아직 어려서 그런지 자꾸 엄마를 찾기도 하고, 또 코로나라 학생들도 많이 줄었고요. 우리 학교 큰일이에요. 올해도 반을 또 줄였거든요. 선생들도 몇 분 나갔어요."

어느 어학당이나 경쟁에서 살아남기 위해 안간힘을 썼다. 지금은 코로나 규제가 어느 정도 풀려 학생들이 들어오기 시작했지만, 여전히 들어오지 못하는 학생들을 위해 온라인 강좌를 늘리고 줌 수업도 늘렸다. 이제는 교실 수업이 북적일 때만큼 많은 강사가 필요하지 않게 되었다. 나이가 많을수록 다른 곳을 알아봐야 했다.

"혼자 왔어요?"

"아뇨. 남편하고 아들은 화장실 갔어요. 샘은요? 샘은 혼자 보러 온 거예요?"

박 샘이 움직일 때마다 잔잔한 꽃무늬 원피스가 하늘거렸다. 박 샘은 나보다 여섯 살 어렸지만 늘 안정되고 여유 있어 보였다. 내가 생각했던 평일에도 미술관에 관람하러 오는 사람의 모습이었다.

"윤경 샘도 얼른 결혼 하세요. 이런데 혼자 다니지 말고. 참, 오늘 수업은 어떻게 하고 온 거예요?"

엄마도 동생도 묻지 않던 나의 안부를 물었다. 진심으로 나를 생각해주는 것 같아서 울컥할 뻔했다. 나는 봄학기까지만 하고 그만뒀다고 했다. 마스크로 얼굴의 절반 이상이 가려져서 다행이라는 생각을 했다.

"그랬구나. 어디 더 좋은 데로 가려고 그러는구나. 혹시 세종학당에 붙은 거 아니에요?"

박 샘은 동그란 눈을 더 동그랗게 만들며 물었다. 박 샘은 마치 내가 오랫동안 꿈꾸던 세종학당에 붙은 것처럼 손뼉까지 치며 말했다.

"예전에 윤경 샘이 말해 줬었는데, 호주라고 했던가, 미국이라고 했던가. 암튼 언젠가 해외로 나갈 거라고 했어요. 좋은 데 있으면 나도 데리고 가 주세요. E대학도 만만치 않아요. 학생 수가 줄었어도 힘든 건 마찬가지예요. 수업하는 거보다 학생들 케어하는 게 더 힘들어요. 저기 두 남자 케어하는 것도 힘들고요."

"얼른 가보세요. 기다리고 있네."

"먼저 갈게요, 윤경 샘. 다음에 같이 커피 마셔요."

내가 언제 그런 얘길 했는지 기억을 더듬어 봤지만 생각나지 않았다. 박 샘은 또 나에 대해 무엇을 기억하고 있는 걸까. 통통거리는 원피스를 뒤로 하고 서둘러 반대쪽으로 나왔다. 아침보다 더 뜨거워진 햇빛에 잠시 눈을 감았다 떴다. 〈나너의 기억〉이라는 현수막은 펄럭거리지 않았다.

핸드폰을 열었다. 무슨 소원이든 들어주는 지니처럼 푸른 빛이 대기하고 있었다. 은주 샘 연락처를 찾아 통화 버튼을 누르려는데 은주 샘한테 전화가 오는 게 아닌가. 먼저 나의 앞가림을 걱정해줬던 은주 샘 이름을 보니 눈물이 날 것만 같았다.

"여보세요? 윤경 샘, 권은주예요. 지금 세종학당 공지 떴어요. 빨리 사이트 들어가 보세요. 얼른 요. 호주도 있어요. 전 울란바토르 지원할 거예요. 샘은요? 샘은 호주로 지원할 거죠? 여보세요? 잘 들려요? 코로나 때문에 학생들이 한국으로 유학 가기 힘드니까 현지에서 한국어 수업을 늘리고 있어요. 강사가 부족한가 봐요. 여보세요?"

은주 샘은 무슨 소원이든 들어주는 진짜 지니였다. 결국 참았던 눈물이 흘렀다. 나도 눈물을 흘리며 울 줄 아는 사람이란 걸 처음 알았다. 서둘러 원하는 나라에 신청하고 지원서를 작성해서 제출해야 한다. 다시 바빠질 것이다. 가슴이 뛰었다. 심장이 내가 숨을 쉬고 있다는 것을 알려주었다. B를 만날 수 있을까. 만약 만나게 된다면 꼭 물어봐야겠다. 그때 뷰티풀이라고 한 거 주어가 무엇이었는지.

하늘을 올려다봤다. 눈이 부셨다. 나는 모자를 눌러쓰고 그늘 하나 없는 광장을 지나 독립여성의 길 팻말이 있는 여학교 돌담길로 걸어 갔다.

*

알립니다

나너의 기억 (My Your Memory) – 국립현대미술관 서울 5전시실 2022.4.8.–8.7

작품 : 앤디 워홀, 〈수면〉 1963. 16mm 흑백, 무음, 5시간 21분.

허만 콜겐, 〈망막〉 2018. 3채널 비디오, 컬러, 사운드, 10분.

임윤경, 〈Q&A〉 2016. 영상 설치, 2채널 비디오, 컬러, 사운드, 14분 36초.

그렇다면, 오늘도
도태되는 삶을 살겠습니다.

소나

소나   혼자 몽상하는걸 좋아합니다. 어차피 인생은 혼자라고 생각하지만 친
       구들과 놀면 재밌습니다. 1보 후퇴하더라도 현재의 나를 위해 사는 삶
       을 추구합니다. 무슨 일이든 시작에 앞서 로딩이 긴 편이었는데 나이
       가 들 수록 도전정신이 강해지고 있습니다. 그렇게 글쓰기에도 한 발
       짝 내딛었습니다.

공항 밖으로 나온 재이는 숨을 크게 한 번 들이마셨다 내쉬었다. 습하면서도 따뜻한 바람 냄새가 났다. 눈앞에는 마치 동남아 어딘가 더운 나라에 온 듯 야자나무들이 서 있고 그 사이로 'JEJU AIRPORT'라는 글자와 함께 앙증맞은 비행기 하나가 날아가는 모양을 한 입간판이 서 있다. 도착한 사람들은 너나 할 것 없이 핸드폰을 들고 간판을 찍었다. 타는 듯한 햇볕 사이로 피어오르는 도로의 아지랑이를 보기만 해도 숨이 턱 막히던 8월의 서울과 달리 이곳은 아마도 기온은 서울보다 높겠지만 왠지 모르게 뜨거운 바람마저 재이의 마음을 시원하게 틔게 해주었다. 한 손에는 26인치짜리 캐리어 하나, 등에는 대학생 때부터 쓰던 백 팩 하나, 어깨에는 작은 크로스백 하나를 메고 제주살이를 시작했다.

　"드디어 도착했어."

　예약해 둔 렌터카를 찾아 숙소까지 가는 길은 제주를 온전히 느낄 수 있는 장면의 연속이었다. 한적한 도로에 삼나무로 가득 찬 숲이 한

쪽을 메우고 건너편으로는 녹색 빛의 바다가 펼쳐져 있다. 무엇보다 자동차 앞 유리 너머 도로 끝에 맞닿은 하늘은 그야말로 하늘색 물감을 칠해 놓은 듯했고, 작은 솜뭉치들을 흩뿌린 듯 광활하게 펼쳐진 권적운(양떼구름)까지 한 폭의 풍경화를 보는 것 같았다. 하늘과 구름이라는 같은 이름을 가지고 왜 서울과는 이렇게도 다른 모습일까. 너무도 생경했다. 숙소는 월정리해수욕장 근처였다. 제주에 왔을 때의 기억을 되짚어보다 낮은 돌담길로 가득한 고요한 동네였던 구좌가 생각이 났고 구좌읍을 검색하다 월정리해수욕장을 찾게 된 것이다. 달이 머문다는 뜻까지 마음에 드는 곳이었다.

"팀장님. 네안데르탈인 아시죠? 멸종한 인간 있잖아요. 인간이라고 해도 되는 건가? 아니 인간은 맞는 거죠? 어쨌든 호모 사피엔스의 아종이라니까요. 그런데 또 어떤 기사에서는 호모 사피엔스랑 DNA가 다르다고 하더라고요. 아무튼, 근데 네안데르탈인이나 크로마뇽인은 그 화석이 발견된 지역명을 따서 학명을 붙였는데 왜 사피엔스만 슬기롭다는 뜻을 가졌을까요?"

휴게실에 도착한 재이는 커피 두 잔을 뽑아 한 잔은 팀장에게 건네고 의자에 앉으며 이야기하기 시작했다.

"같은 인간인데 왜 그 둘은 멸종하고 사피엔스만 남았을까. 갑자기 궁금해서 찾아봤는데 이게 사회적 소통 능력을 이유로 꼽는 사람들도 있데요. 인간은 사회적동물이라고 하잖아요. 그런 이유라면 네안데르탈인은 인간보다는 동물에 가까웠나 봐요. 사피엔스보다 덜 사회적동물인 셈이었던 거죠."

　잠깐 할 얘기가 있다며 불러내 대뜸 네안데르탈인의 멸종에 관해 이야기를 하는 재이를 보며 팀장은 또 무슨 스트레스를 받는 일이 있었나 생각했다. 스트레스를 심하게 받는 날이면 가끔 저렇게 현실과 동떨어진 이야기를 해대던 재이였기 때문이다. 이곳은 2년 전쯤 재이와 팀장이 요즘 세상에 근로자 복지를 위해 휴게실 하나 없는 곳은 우리 회사뿐일 거라며 사장에게 우겨서 만든 장소였다. 그때 재이는 5년 차였고 후임들이 적잖이 들어온 시기였다. 그녀는 주변 상황에 관심이 없는 것 같으면서도 누군가 불편해하는 모습을 누구보다 빨리 알아채기도 했다. 조용히 주변을 관찰하기 좋아하는 그녀의 성격 탓도 있고 불평 없는 그녀에게 사람들이 늘 하소연하기 때문이기도 했다.

　팀장은 재이보다 5개월 정도 늦게 회사에 들어왔다. 본래 쾌활하고 오지랖이 넓은 성격이라 어디서든 빠르게 적응하는 그였지만 업무를 파악하는 데는 무뚝뚝하면서도 회사에서 사용하는 시스템이나 정책들을 잘 알려준 재이 덕이 컸다. 언젠가 그녀가 부탁한다면 발 벗고 나서 해결해주어야겠다고 생각한 계기가 되기도 했다. 어느 날 팀 회의를 하던 중 그녀가 회사에 휴게실을 만드는 게 어떠냐고 물어왔다. 그녀의 한마디에 다들 한마디씩 휴게실의 필요성을 피력했다. 몇 안 되는 직원들 사이에 이야기가 퍼지고 결국 총대를 멘 팀장과 재이가 사장에게 불려가 갖은 회유와 설득 끝에 얻어낸 곳이었다.

　"그래서 저 그만두려고요."

추억에 잠겨있던 팀장은 마시던 커피가 목에 걸려 콜록댔다. 얼토당토않은 소리를 하다가 느닷없이 그만둔다니 놀랄 법도 했다. 그는 대체 무슨 일이냐며 다시 생각해보라는 말과 함께 우리가 함께한 세월부터 지금 앉아있는 이곳을 꾸리기까지의 역사를 늘어놓기 시작했다. 재이에게 그의 말들은 이미 허공을 떠다니는 단어들에 불과했고 그녀는 문득 자신의 과거를 회상했다.

남들보다 한 학기 일찍 대학을 졸업한 재이는 대관절 다른 이들이 졸업하는 내년 2월까지 쉬겠다고 선언했다. 어학연수나 여행을 가거나 아르바이트를 하는 것도 아니고 무작정 쉰다니 여간 당황스러운 결정이었다. 그녀는 주변에는 초등학교부터 대학교까지, 뭐 그리 대단히 열심히 한 것도 아니었지만 공부한 세월을 보상받겠다는 핑계로, 자신에게는 일찍 졸업해 남들보다 한발 앞서있으니 괜찮다고 다독이며 정말 아무것도 하지 않고 쉬며 보냈다. 그렇게 6개월을 보내고 그다음 6개월도 재이는 아무 일 없이 놀았다. 남들보다 먼저 시작할 수 있던 출발선이 결국 남들보다 반년 더 뒤처져 버렸다.

그렇게 뒤늦게 들어온 회사였다. 면접 때, 면접관들은 텅 빈 1년에 대해 질문을 했고 그녀는 남들보다 늦게 시작한 만큼 열심히 해보겠다는 식으로 대답을 했다. 그리고 정말 남들만큼 아니 그보다 더 열심히 해왔던 일이었다. 해가 지나면서 그녀의 입사 동기들은 결혼이나 이직으로 대부분 회사를 떠났다. 신입들은 그녀에게 의지하기도 하고 궁금증을 해결하기도 하였으며 상사들은 더 많은 실적과 결과물을 요구했다. 그렇게 지내다 보니 그녀의 의사와는 상관없이 중간관리자가 되어있었고 나름 곧 승진의 기회도 주어질 참이었다.

가끔 엉뚱한 행동과 말들로 사람들을 황당하게도 하지만 업무처리가 빠르고 무엇보다 얼마 남지 않은 중간관리자 역할을 하던 그녀의 갑작스러운 퇴사 선언에 팀장은 당황할 수밖에 없었다. 아니 어쩌면 그는 늘 느꼈던 것 같았다. 당황이라기보다는 올 것이 왔구나의 감정이었을 수도 있다. 그녀를 보면 늘 매사에 미련이 없는 사람 같았다. 주어진 일을 열심히 하는 것 같으면서도 의견이 거절당하거나 보고서가 퇴짜 맞아도 아무렇지 않게 다시 해오겠다며 연연하지 않았다. '아니면 말고'가 주변에서 본 재이의 대표적인 특징이었다. 이 때문에 그녀는 회사뿐 아니라 인간관계도 내일 당장 끊어버릴 수 있는 사람이라 생각한 날들이 하루 이틀이 아니었다. 그런데도 그는 거듭 재이를 설득했고 계속되는 팀장의 이야기에 재이는 대답했다.
"저도 잘 모르겠어요. 그냥 지금인 것 같아요. 제가 사피엔스 보다는 네안데르탈인에 더 가까운 종인가 봐요. 그냥 그렇게 생각하는 게 이해하기 편하실 거예요. 아, 그래 쟤는 종이 달라. 뭐 이렇게?"

호모 사피엔스인지 네안데르탈인인지 그만두겠다고 하는 이야기와 무슨 상관이 있는지 도무지 이해하기 어려운 팀장은 인상을 찡그리며 재이의 말을 끊었다.
"재이씨, 도대체 무슨 소리야. 지금이 얼마나 중요한 시기인 줄 몰라? 재이씨 이번 성과지표도 잘 받을 것 같아. 팀도 그렇고 개인도 그렇고 그러면 내년은 기대해볼 만하잖아. 그만두면 대체 뭐 할 건데? 뭐 특별히 생각해 놓은 게 있어서 이러는 거야? 진짜 다른 회사 가는 거 아니야?"

흥분한 팀장의 목소리는 점점 격양되었다. 평소 잘 화를 내지 않는 그의 모습에 움츠릴 만도 하지만 재이는 아랑곳하지 않고 자기 말을 이어갔다.

"그만두면 당분간 인간관계 끊고 살아보면 어떨까 싶어요. 그렇게 지내다보면 저도 아! 인간은 사회적 동물이잖아. 나도 이제 어서 사회생활을 하러 인간세계로 돌아가야겠어! 하는 날이 올지도 모르죠. 아니면 오호! 나는 정말 네안데르탈인에 가까운 종인가 봐 하고 깨달을 수도 있고요. 아무튼 여러모로 팀장님께는 참 고마웠어요. 알죠. 팀장님이 제 편의 많이 봐주신 거. 그럼 저는 이만 일 하러 가보겠습니다."

제주에 온 지 일주일이 다 되도록 재이는 숙소 근처를 배회했다. 소소하게 동네 근처로 나가 밥을 사 먹고 카페에 가서 종일 앉아 책을 읽다 보니 차는 괜히 빌렸나 싶기도 했다. 그날도 방안에서 오후 1시가 지나도록 뭉그적거리던 그녀가 갑자기 무언가 생각난 듯 핸드폰을 꺼내 여행 앱을 켰다. 항상 이런 식이었다. 여행을 가면 아무 계획 없이 떠나 2~3일 숙소 근처만 돌다 갑자기 투어 신청을 해서 빡빡한 하루를 보낸다. 그녀에게는 늘 적게는 이틀 어쩌면 그보다 더 긴 시간의 준비기간이 필요한 듯했다. 여행지에서 익숙함을 느끼는 데에도 이틀의 시간이, 일을 시작할 때는 무려 1년 가까운 시간을 허비하기 일쑤였다.

　여러 프로그램을 살펴보던 중 제주도 서부를 하루 만에 둘러볼 수 있는 일정이 있어 곧바로 신청했다. 마치 오늘의 할 일을 마친 듯 뿌듯함을 느꼈다. 투어 당일 일정이 있다고 생각하니 알람이 울리기도 전에 눈이 떠졌다. 밖에 종일 있어야 하니 잘 바르지 않던 선크림을 팔다리까지 바르고 모자를 눌러쓰고 부채까지 챙겨 길을 나섰다. 주말 아침이라 그런지 공항으로 향하는 길 위에는 평소와 달리 자동차가 가득했다. 다행히 주차장에는 작은 모닝 하나 놓은 자리가 남아있었다.
　투어버스는 생각보다 인기가 많았다. 버스 앞에서 명단을 확인한 기사는 500mL 삼다수 한 병과 제주의 특산물인 오메기떡을 하나씩 챙겨 원하는 자리에 앉으라 했다. 아침도 먹지 않고 나온 터라 재이는 설명을 들으며 오메기떡을 뜯어 먹었다. 통팥의 고슬고슬하면서도 겉껍질의 톡 터지는 식감과 찹쌀떡 특유의 쫀득한 질감을 함께 느낄 수 있는 오메기떡이었다. 찹쌀과 함께 차조가 같이 들어갔다고 하는데 차조의 맛은 잘 모르겠지만 그냥 이 떡 자체만으로도 왜 그리 유명해졌는지 알만했다.

　처음 도착한 곳은 무지개해안도로였다. 무지개색의 방호벽을 사이로 바다와 도로가 맞붙어있는 곳이었다. 원하는 색깔의 방호벽 위에 걸터앉아 길 건너편에서 사진을 찍으면 하늘과 무지개색의 방호벽 그 사이로 바다가 함께 찍히는 그야말로 인증샷 명당이다. 다른 여행객들이 서로 여기저기 사진을 찍는 동안 재이는 노란 방호벽 위로 올라앉아 바다를 바라봤다. 아직 아침인데도 하늘에서 내리쬐는 열기가 만만찮았다. 간혹 바다에서부터 불어오는 바람이 그 열을 식혀주면서도 묘하게 더운 바람이 여름이라는 계절을 상기시켜줬다.

그때, 누군가 재이를 불러 사진을 찍어 달라 요청했다. 남색 피케티에 검은색 반바지, 편한 복장이지만 색깔 덕에 너무 캐주얼 하지 않은 복장에 작은 크로스백을 메고 하이앤드 카메라를 손에 쥔 또래의 남자가 온화한 미소를 지으며 재이에게도 사진을 찍어주겠다고 말을 걸어왔다. 간단하게 사진기 작동법을 알려주며 그녀에게 카메라를 건넸다. 재이 역시 여행 중 전신사진 한 장 건지지 못하던 차라 사이좋게 서로의 인증 샷을 남겨주고 사람들이 덜 북적이는 방호벽을 찾아 한참을 멍때리다 버스로 돌아왔다.

점심시간은 협재해수욕장 근처에서 주어졌다. 야자나무와 하얀 백사장이 펼쳐진 바닷가에는 유명 관광지를 입증하듯 영어로 된 간판이 세워져 있다. 파라솔과 천막으로 가득 찬 해변을 한 바퀴 둘러보고 밥을 먹으러 발길을 돌렸다. 길가에는 서핑이나 스노클링을 하러 온 사람들과 자동차가 줄지어 서있다. 재이는 도로를 오가는 버스와 주차된 차들을 이리저리 피해 가며 먹을거리를 찾았다. 한참을 걸어 서너 개의 테이블이 전부인 작은 식당 앞에 섰다. 식당 안으로 들어서니 짭조름한 간장 냄새가 코끝을 찔렀다. 없던 식욕도 돌아주는 그야말로 가장 무섭다는 아는 맛 아니 아는 냄새였다.

　재이는 흑돼지불고기덮밥을 시켰다. 옆에는 4인 가족이 한 가지씩 음식을 시켜 나누어먹고 있었다. 작은 식당에서 준비한 모든 메뉴를 시킨 셈이었다. 간장새우덮밥을 선택한 딸이 야무지게 새우를 까서 아버지에게 건네는 모습을 보며 재이는 저것도 참 맛있겠다 생각했다가 먹기 불편한 새우를 떠올리자 금세 자신이 선택이 옳다고 다독였다.

　'따랑'

　가게 입구에 달린 풍경 소리와 함께 낯익은 손님이 들어왔다. 무지개도로에서 사진을 찍어준 사람이었다. 더운 날씨에 힘차게 걸어왔는지 연신 손으로 부채질을 하던 그는 이내 재이를 알아보고 인사를 하며 재이 옆으로 배치된 2인 좌석에 앉았다.

　"와, 날씨가 점점 더워지네요. 여기는 또 시원해서 너무 좋다. 그런데 혹시 서부투어 오신 건가요? 뭔가 경로가 겹치네요. 아까 도두봉에서도 본 것 같은데......"

　그가 물었다. 재이는 그렇다고 대답했고 그는 이어서 반갑다며 그녀에게 무슨 음식을 시켰는지, 이곳은 알고 찾아온 맛집인지 이것저것 묻기 시작했다. 그러던 중 재이의 음식이 나와 그녀는 그저 우연히 찾은 곳이라고 짧게 대답하고 음식을 먹기 시작했다.

　"저는 협재 근처에서 점심을 먹는다기에 검색을 좀 해봤어요. 여기, 평은 좋은데 협재랑은 조금 떨어져 있더라고요. 보니까 바로 앞이 협재는 아니고 금능해수욕장이던데 아셨어요? 그래도 탑승 장소에서 도보로 10분 정도니까 금방 먹고 금능해수욕장쪽으로 나가 구경하면서 협재로 돌아가면 되겠다 싶더라고요. 이왕 온 김에 여러 곳을 보면 좋잖아요?"

그는 혼잣말인지 질문인지 모를 이야기들을 하며 신중히 음식을 고르기 시작했다. 평소 재이는 이렇게 자신에게 걸어오는 말을 상대방의 혼잣말이라 여기며 대답을 하지 않는 일들이 잦아 주변 사람들로부터 꾸중을 듣곤 했다. 재이는 그가 나름 먼저 사진도 찍어준 친절한 사람이니 최대한 호의적으로 네네 하고 짧은 대답을 건넸다.

"음, 저는 흑돼지불고기덮밥주세요. 이거 시키신 거 맞죠? 옆에 보니까 간장새우덮밥도 맛있어 보이긴 하는데 제주에 왔으니 다양한 흑돼지를 먹어보는 게 좋다고 생각해요. 매번 굽거나 돈가스 형태로 먹게 되잖아요? 이렇게 덮밥으로 먹게 되다니 새로운 데요?"

가까이서 본 그는 안경 너머 호기심에 가득 찬 눈빛으로 식당을 둘러봤다. 작은 카메라를 들고 메뉴판을 찍기도 하고 계산대 너머 주방에서 요리하는 주인의 뒷모습을 찍기도 했다.

밥 먹는 속도가 느린 재이는 자신의 습관을 한탄하며 혹여나 그가 계속 이야기를 이어 나가면 어쩌나 하는 걱정과 함께 식사를 이어갔다. 다행히 걱정도 잠시, 음식이 나오자 곧장 카메라를 들고 초점을 맞추는 듯 버튼을 살짝 눌렀다 떼었다 하며 신중하게 사진을 찍는다. 그리고 재이를 향해 맛있게 드시라 한마디하고 더 이상의 이야기 없이 밥을 먹기 시작한다. 단답형의 재이의 모습에 흥미를 잃은 건지 자기 음식이 나와서인지 알 수 없었다.

그 틈을 타 재이는 식사에 더욱 집중했다. 음식은 맛있었다. 일본의 규동과 비슷한 형태라 볼 수 있는데 그보다 짜지 않고 무엇보다 소고기의 지방보다 연하고 냄새가 덜한 돼지고기가 고슬고슬한 흰쌀밥의 조화가 좋았다. 부드럽고 짭짤한 밥 한술에 매콤 시큼한 초생강 하나를 먹으면 입안을 메운 기름기가 사라지고 다시 첫술을 먹는 것 같은 느낌이 들었다. 식사를 마친 재이는 먼저 일어나겠다며 서둘러 계산을 마치고 밖으로 나왔다. 가게 정면으로 놓인 길을 따라가니 그가 말한 대로 금능해수욕장이라는 표지판이 보였다. 해변을 걸으며 그녀는 숨을 크게 들이마셨다 내쉬었다. 그녀의 걱정이 시작되었다.

평소 재이는 인간관계를 맺는 데 어려움을 느끼는 편이었다. 안 친한 사람과 대화를 나누는 일은 거의 없을뿐더러 친구들과 이야기를 나누다가도 일정 시간이 지나면 기운이 현저히 떨어졌다. 그러다가 사람들과 헤어져 혼자만의 시간이 생기면 그야말로 생기가 돌아오곤 했다. 친구를 만나는 일이 싫은 건 아닌데 왜 그렇게 지치는지 알다가도 모를 일이었다. 요즘에는 성격유형검사 이른바 MBTI가 유행하면서 재이를 두고 극단적 I 성향이구나 하며 사람들이 급작스럽게 이해해주기 시작했다. 그 검사가 뭐라고 한평생 특이한 사람 취급당했는데 한순간에 모두가 이해한다니 참 재미있으면서도 어처구니가 없었다.

재이는 방금 만난 그를 떠올리며 겨우 두 번 본 사람에게 저렇게 말을 시킬 수 있다니 아마도 MBTI에 빗대어보면 그는 자신과 정반대인 극단적 E 성향이겠지 하고 생각했다. 가끔은 그녀도 자신이 좀 더 외향적인 사람이었다면 어땠을까 생각해보기도 했다. 그랬다면 보다 넓은 인간관계 소위 인맥을 많이 쌓아 지금보다 나은 삶을 살 수 있었을까? 이런저런 생각을 하며 탑승 장소까지 오고야 말았다. 그녀는 그가 버스에서도 말을 걸어오면 어떻게 해야 하나 고민하다 일찍 들어가서 이어폰을 끼고 자는 척해야겠다 생각했다. 다행히 아직 그는 음식과 해변을 만끽하고 있는 듯 보이지 않았다.

시간이 지나 버스에 올라탄 재이는 이어폰을 끼고 창밖을 바라보다 그가 다가오는 모습을 보고는 눈을 감았다. 버스의 다음 목적지는 곶자왈이었다. 해설자까지 있으니 금상첨화였다. 입구에서 해설자는 '곶'은 제주어로 숲을 뜻하고 '자왈'은 덩굴들이 얽혀있는 것을 뜻한다고 했다. 곶자왈을 관광지 명칭으로 알고 있던 재이는 알고 보니 곶자왈이 낯선 곳이 아님을 깨달았다. 제주 면적의 6% 정도가 곶자왈이라고 하니 제주에만 있는 특별한 지역이지만 제주 곳곳에서는 어렵지 않게 만날 수 있는 것이었다.

곶자왈은 한 발짝 나아갈수록 신기한 장소였다. 용암으로 만들어진 돌 위로 네가 가진 모든 것을 뽑아 먹겠다는 듯 돌을 움켜잡은 식물들, 땅속 영양분을 먹기 위해 돌 사이를 헤집고 뿌리를 옆으로 뻗거나 여러 갈래의 줄기로 나뉜 나무들, 그 나무를 에워싼 덩굴과 이끼. 모두가 서로의 영양분을 빼앗으면서도 지탱하며 살고 있다. 모두가 멸종하지 않기 위한 선택이었을까 하고 재이는 생각했다. 실제로 해설자의 설명에 따르면 사람이 숲으로 들어와 나무를 베고 그 사이로 들어오는 햇빛을 받아 자란 고사리 같은 양치식물들과 낮은 넝쿨이 자라기를 반복하며 제주에서만 만날 수 있는 특이한 지형이 만들어진 것이었다. 결국 지금의 곶자왈은 제주의 허파가 되었고 국제적으로 습지보호를 위해 맺은 람사르협약 대상습지에 포함되어 있으니 그들의 선택은 옳은 것이었으리라.

서로의 영양분을 빼앗으며 죽일 것 같으면서도 자신의 빈자리 한편을 상대에게 내어주며 기대어 사는 이곳처럼 인간 사회의 구성원들도 가장 높은 곳으로 가겠다며 경쟁하면서도 그들의 한구석을 내어주었던 걸까? 덩굴과 나무 이끼가 뒤엉킨 기묘한 이 장소를 바라보며 재이는 생각했다. 한여름에도 시원한 바람이 불고 겨울에는 따뜻한 온도를 유지하는 이상한 장소인 곶자왈을 보며 자신도 속해있는 이상한 인간사회를 투영했다.

우거진 수풀을 바라보다 눈이 멈춘 곳에 그가 서있었다. 해설자의 설명이 지루했던 건지 길어지는 일정에 힘이 들었는지 함께 투어를 하던 사람들은 제각기 갈 길을 가고 해설자 곁에 남은 사람은 재이와 그를 포함하여 네다섯 명이 전부였다. 그는 설명을 듣는 틈틈이 카메라를 꺼내 이끼, 돌, 나무, 하늘 등을 찍는 것 같았다. 인상 깊은 구절이 나올 때는 핸드폰을 꺼내 메모를 하는 것 같았다. 문득, 재이는 같은 장소에서 같은 음식을 먹던 그가 느끼는 제주는 어떤 곳일까 하는 의문이 들었다.

이윽고 오설록에 도착했다. 제주 녹차 생산지로 유명한 곳으로 끝없이 펼쳐진 녹차밭이 장관을 이루는 곳이다. 녹차밭 너머로 오설록에서 운영하는 차 박물관과 카페가 있고 화장품과 관련 상품을 파는 곳이 함께 있어 관광객들의 발길이 끊이지 않는 곳이었다. 여름의 녹차 밭은 뜨거운 햇볕에 의해 수분이 날아간 듯 약간은 바랜 색을 가져 녹차 특유의 산뜻함 보다는 아늑한 느낌을 줬다. 한낮이 지나자 태양은 고도를 높이고 더욱 강한 힘을 내어 그늘 한 점 없는 밭 가운데 서 있기가 힘들어지기 시작했다. 이럴 땐 역시 시원한 에어컨 바람을 맞을 수 있는 카페가 제격이었다.

자리를 옮겨 카페로 들어간 재이는 카페 안을 가득 메운 인파로 놀랐다. 주문을 하는데 만 못해도 십 분은 기다려야 할 듯했다. 투어버스는 정해진 시간에 출발하기 때문에 어떻게든 이곳에서 시간을 버텨야 한다고 재이는 굳게 다짐하며 기나긴 줄의 끝에 자리를 잡았다. 긴 기다림 끝에 녹차 아이스크림과 홍차 맛 다쿠아즈 하나를 들고 재이는 앉을 자리를 찾아 관광객 사이를 뚫고 지나가기 시작했다. 카페는 야외자리까지 가득 차 내부를 세 바퀴 정도 돌았을 때쯤 4인 좌석에 혼자 앉은 사람이 보여 가까이 다가가자 불현듯 그가 뒤를 돌아봤다. 자리가 없으니 괜찮으면 이쪽에 앉으라는 그의 말에 아이스크림은 녹고 있고 다른 곳을 둘러보아도 나아질 것 같지 않은 상황이라 재이는 감사하다는 말과 함께 그의 대각선 자리에 앉았다. 그는 녹차 맛 쉐이크 위에 아이스크림과 와플이 얹어진 제주 오설록에서만 파는 녹차와플 오프레도에 작은 롤케이크를 먹고 있었다.

음식을 먹으며 지나다니는 사람을 구경하고 바깥 풍경의 사진도 찍는 등 그는 한시도 손을 가만히 두지 않고 부지런히 움직였다. 그러면서 원래 과묵한 성격이냐는 그의 물음에 낯을 가리는 성격이라 대답하고 재이는 아이스크림에 숟가락을 넣었다. 자리를 찾아 헤매느라 조금 녹기는 했지만 진한 녹차에 부드러운 우유가 섞인 맛에 따가운 햇살과 긴 기다림으로 인한 불쾌함이 사라졌다. 다쿠아즈는 냉동상태로 건네받아 살짝 녹인 후 한 입 베어 물었다. 역시나 냉동은 취향이 아니다. 겉은 바삭하면서 속은 쫀득한 머랭 과자 특유의 식감에 사이를 채운 부드럽게 녹아내리는 필링이 매력인 다쿠아즈인데, 냉동하면서 안의 필링은 딱딱하게 굳고 필링을 둘러싼 과자는 이미 눅눅해져 버렸다.

"아쉽네."

순간 재이는 자기도 모르게 혼잣말을 내뱉어 버렸고, 그녀의 말을 들은 그가 반응했다. 혼잣말이었다며 재이는 아이스크림에 시선을 고정한 채 먹기 시작했다.

"다음 장소가 카멜리아힐이잖아요. 괜찮으시면 서로 사진도 찍어주고 같이 다니실래요? 불편하시면 어쩔 수 없지만 이렇게 여행 오면 새로운 사람을 만나는 재미가 은근히 쏠쏠해요. 원래 한번 보고 마는 사

이가 생각보다 편한 사이인 거 모르시죠? 어차피 안 볼 거니까 하면서
친한 사람들에게는 못하는 이야기도 막 하고 그러거든요. 굳이 같이
다니지는 않아도 사진은 찍어줄 수 있잖아요? 버스 안에서 보니까 혼
자 온 사람은 그쪽이랑 저 둘밖에 없는 것 같더라고요."

　최대한 예의를 갖춰 이야기하는 그를 보며 재이는 더 이상의 거절
은 무리겠다 싶은 생각이 들었다. 어차피 안 볼 사람이니 무시하면 그
만이기는 했지만, 그의 말처럼 어쩌면 생각지도 못하게 재미있는 일
이 생길 것 같기도 한 마음이 들었다. 사피엔스로 나아가는 과정이 될
수도 있겠다 싶었다.

　"네. 그러죠, 뭐. 그런데 저는 사진을 잘 못 찍어요. 아마 아무리 좋
은 카메라라고 해도 제가 완전 똥손이거든요."

　긍정적인 대답을 들은 그는 나직이 웃으며 그런 건 괜찮다고 지금
은 자리를 기다리는 사람이 많으니 먼저 일어나겠다며 먹은 음식을
정리하고 이따 버스에서 내려서 보자는 인사와 함께 자리를 떠났다.

　겨울에 왔으면 아름다운 동백나무숲을 볼 수 있었을 마지막 장소에
도착했다. 입구 앞에 모여 입장권과 지도를 받고 간단한 설명을 들었
다. 시간이 정해져 있는 투어인 만큼 기사는 어떤 경로로 구경해야 효
과적이고 효율적으로 이곳을 둘러볼 수 있는지 안내해주었다. 재이와
그는 지도를 펼쳐 경로를 확인하고 발걸음을 옮겼다. 늦은 여름은 멋
진 나무숲을 구경하기 좋지만, 상대적으로 예쁜 꽃을 보기는 어렵다.
아마 봄철 가득 피워 낸 생명을 다하고 더위에 지쳐 쉬는 계절인 것 같

다. 물을 주던 온실에 넣든 인간이 조절할 수 있는 자연환경이라는 것은 한계가 있는 법이었다. 잘 닦여진 길을 걸으며 그가 말을 걸어왔다.

"생각보다 꽃이나 식물을 보기 어렵네요. 아무래도 여름이라 그런가 봐요."

"그렇죠. 애초에 동백꽃은 겨울에 피는데 카멜리아힐이라니. 큰 기대 없이 오기는 했어요. 꽃이 많았으면 포토스팟이 좀 있었을 텐데 사진 찍을 곳이 별로 없어서 어떡해요?"

"그냥 이곳 경치라도 찍는 거죠. 근데 여행 오신 거예요?"

불현듯 물어온 그의 말에 재이는 순간 고민을 했다. 한 달 살기를 하는 중이라고 하면 이야기가 길어질 것 같은데 그렇다고 여행 중이라고 거짓말을 하는 것 또한 이상했기 때문이었다. 짧은 고민 끝에 그녀는 한 달 살기를 하는 중이고 온 지 일주일 정도 되었다고 대답했다.

"와, 한 달 살기요? 말만 들었지, 실제로 한 달 살기 하는 사람은 처음 봤어요. 학생이 신 거예요? 직장에서 한 달 휴가 내기는 어려울 텐데. 아. 이런 질문은 실례죠? 죄송해요. 갑자기 궁금해져서……."

멋쩍게 질문과 대답을 이어 나가는 그를 보며 재이는 카페에서 그가 한 말이 생각났다. 지속되는 관계라는 건 참 피곤한 일이다. 다른 사람에 비해 인간관계 유지에 큰 미련이 없어 보이는 재이지만 사람의 감정이나 능력을 수치로 나타낼 수 있다면 누군가는 열 명에게 1의 에너지를 소비하는 데 비해 그녀는 한 명에게 10의 에너지를 쏟는 사람이었다. 어쩌면 그렇다 보니 소위 사회생활이라 부르는 가벼운 관계를 맺는 것을 선호하지 않았다. 어차피 다시 볼 사이가 아니라 주변 사람에게는 못했던 이야기도 할 수 있다는 말이 그녀도 한 번 쯤 1만 큼의 에너지를 소비하는 인간관계를 맺을 수 있는 용기를 주었다.

덤덤하게 회사를 그만두고 왔다는 재이를 보며 그는 잠시 놀란 표정을 지었다가 이내 이어서 말했다.

"회사 그만두고 이렇게 한 달 살기 오다니 대단하시네요. 요즘 같은 때에 직장을 그만둔다는 건 쉬운 일이 아니잖아요. 저는 휴가 왔어요. 온 지 일주일 정도 되었다고 하셨죠? 저는 오늘 도착해서 바로 이 투어버스 탄 거예요. 어디 좋은데 많이 가셨어요? 좋은 곳 있으면 알려주세요."

짧은 이야기를 나누며 길을 걷다 보니 상점이 눈에 들어왔다. 재이는 상점에 들어가겠다고 그에게 먼저 가시려면 가라고 전했다. 그도 구경하겠다며 따라왔다. 재이는 물건을 찬찬히 보다 곧 엽서 뭉치 앞에 섰다. 카멜리아힐의 사계절 풍경을 담은 엽서들이 가득했다. 아마도 여름을 제외한 봄, 가을, 겨울의 모습이 담긴 듯했다. 그중 눈 덮인 동백나무와 이름을 알 수 없는 다양한 꽃 얼굴이 잔뜩 찍혀있는 엽서를 골라 담았다. 그는 구경하며 향초의 향을 맡아보기도 하고 손수건을 펼쳐보기도 하는 등 물건을 꼼꼼하게 살펴봤다. 휴가가 끝나고 돌아가면 회사나 주변 사람들에게 줄 선물을 고르는 것 같았다. 곧 다양한 물건을 한 아름 안고 계산대로 향했다.

상점 밖을 나오자 이제 그들은 가을이 되면 억새와 갈대가 가득 차

갈색 물결을 일으켰을 정원 앞을 지나고 있었다. 지금은 준비 중이라는 팻말이 세워진 정원은 높낮이가 다르게 배치된 이름 모를 풀과 돌담으로 구획이 나눠진 모습이 가을에 왔으면 참 멋있었겠다 싶었다. 화려한 색과 좋은 향 예쁜 꽃을 가지지는 않았지만 하늘거리고 바람이 불면 굵은 빗소리를 자아내는 갈대나 억새는 여름을 지나 추워져 가는 날씨 속에서 운치를 더하는 매력적인 식물이기 때문이었다. 재이는 다른 계절에 이곳에 왔다면 더 좋았을까 싶은 생각을 했다가 문득 그럼에도 따가운 해를 막아주는 녹음, 볼거리가 없어서 가능했을 한적한 길 그리고 보지 못한 것에 대한 아쉬움에 따른 기대감까지 아주 좋았다 생각했다.

　투어가 끝나는 시간이 다가왔다. 출구 방향을 확인하며 그는 생각보다 금방 둘러봤다며 같이 다녀주어서 감사했다 인사하고 상점에서 들고나온 비닐봉지를 뒤지더니 작은 파우치 하나를 건넸다. 재이는 재차 사진도 많이 못 찍어드렸는데 이러시면 미안하다고 뿌리치는데도 그는 그냥 추억이라 생각하시라며 어디서든 가끔 새로운 사람과 동행하는 즐거움을 느껴보는 것이 그리 나쁘지만은 않은 일이라고, 비싼 것이 아니니 받아주셨으면 좋겠다며 건네주었다. 계속 거절하면 서로가 민망해질 듯하여 재이는 감사하다는 말과 함께 파우치를 받아들었다. 빨갛고 작은 동백꽃이 가득 그려진 파우치였다.

　버스는 시내를 향해 달리기 시작했다. 일정을 마치고 돌아가는 버스에서 기사는 전등을 끄고 노래나 방송 없이 여행객에게 쉴 시간을 주었다. 모두가 피곤했는지 버스 안은 고요했다. 재이는 공항을 지나 동문시장에서 하차했다. 야시장이 유명하다는 이야기를 듣기도 했고 간단하게 저녁 한 끼 때우고 숙소로 들어갈 참이었다. 버스에서 내려 시장의 입구로 들어갈 때쯤 커다란 배낭에 한 손에는 비닐봉지를 손에 쥔 그가 앞으로 걸어가고 있었다. 잠시 고민하던 재이는 빠른 걸음으로 그에게 다가가 인사하며 자신이 살 테니 괜찮으면 저녁을 같이 먹자고 제안했다.

그는 갑자기 적극적으로 대화를 이끌어가는 재이의 모습에 당황한 듯했지만, 흔쾌히 승낙하고 저녁거리를 찾아 함께 구경하기 시작했다. 시장은 생각보다 매우 컸다. 안쪽으로는 과일, 생선, 기념품을 파는 가게들이 즐비하고 목이 좋은 자리를 꿰찬 가게 앞에는 현지인인지 관광객인지 알 수 없이 손님이 가득했다. 가게 앞을 지나다닐 때마다 맛보라는 호객행위가 이어졌다. 밖으로 이어지는 길목에는 야시장의 명물 푸드트럭이 양옆으로 서 있었다. 딱새우회, 얇은 흑돼지 삼겹살 안에 채소를 가득 넣고 말아 구운 흑돼지말이, 전복버터구이, 우도 땅콩아이스크림과 한라봉 아이스크림 등 대부분 제주 특산물을 이용해서 만든 음식들이었다.

주변에는 앉아서 먹을 장소가 마땅치 않았다. 어떻게 할지 이야기하던 둘은 몇 가지 음식을 사서 도보로 15분 정도 걸리지만 해안가까지 나가 먹자고 결론을 지었다. 푸드트럭에서 흑돼지말이와 전복김밥을 사고 편의점에 들러 그는 맥주 한 캔, 재이는 스프라이트와 물 한 병을 샀다. 그는 기념품 상점에서 산 물건을 배낭 속으로 정리해 넣더니 스마트폰의 지도 앱을 켜 앞으로 나아갔다. 음료 봉투를 달라는 그의 손을 뿌리치고 재이는 시장에서 산 음식과 음료를 양손에 나눠 들고 그의 뒤를 따랐다.

"처음 보는 사람이랑 이렇게 오래 있는 건 또 처음이네요. 원래 새로운 사람을 만나면 이렇게 이야기하기까지 꽤 긴 시간이 걸리는 편이거든요."

이미 문 닫은 작은 상점들과 주택들을 가로질러 가며 재이가 물었다.

"아, 왠지 그러실 것 같았어요. 묘하게 거리를 두시는 게 그냥 말 섞기 싫은가보다 생각했거든요. 오히려 그런 사람들을 보면 저는 더 말을 걸고 싶더라고요. 흔히 오지랖이라고 하죠. 보통 오지랖을 안 좋은 의미로 쓰는 데 저는 오지랖이 그렇게 나쁜 거라고 생각하지는 않아요. 주변에 그만큼 관심이 있다는 거잖아요? 그런데 오늘 이렇게 다녀보니까 생각보다 재밌죠? 처음 만난 사람이랑 이야기해보는 경험 말이에요. 저는 새로운 사람 만나는 걸 되게 좋아하거든요."

해가 기울고 있지만 아직 뜨거운 온기가 바닥에 남아있는 터라 해안가에 도착할 즈음에는 두 사람 모두 땀을 흘리기 시작했다. 방파제 옆으로 산책로가 조성되어 있지만 더운 날씨 탓인지 근처 여행을 하는 탓인지 사람은 적었다. 둘은 근처 계단에 앉아 음료를 꺼내 마시기 시작했다. 걸어오는 길에 다소 미지근해진 맥주와 탄산음료는 고유의 청량함을 잃어 제 몫을 하지 못했다. 재이는 포장해 온 음식을 열고 옆에 두었다. 지는 해를 등지고 그는 카메라 대신 스마트폰의 플래시를 터트리며 음식사진을 찍었다.

　자신과는 사뭇 다른 그를 보며 재이는 문득 몇 년 전 뉴스 기사가 떠올랐다. 오픈 채팅이나 온라인 동호회가 성행하면서 오프라인에서 만나지만 이름이나 나이, 직업 등을 공개하지 않고 만나는 사람들에 대한 내용이었다. 그들은 개인정보를 공개하지 않지만, 취미나 관심사로 모이기 때문에 모임을 지속하는 것이 부담스럽지 않다고 했다. 당시 뉴스를 보며 의외로 괜찮으리라 생각했던 재이였다. 그냥 그 정도의 관심과 거리. 재이가 사회구성원이 되면서 사람들에게 늘 원하는 것이었다. 지금의 자신이 마치 그 뉴스 속의 인물이 된 것 같은 기분이들었다.

　"직장을 그만둔다는 건 큰 용기이기도 하지만 저는 개인적으로 어떤 면에서는 사회에서 도태되는 것이라 생각해요. 요즘에는 사람들이 자아실현에 대한 이야기를 많이 하는데 매슬로우의 욕구에서도 보면 사회적 욕구가 자아실현 욕구보다 먼저라고요. 본래 인간은 사회적 동물이라고 하잖아요. 그래서 타인과 유기적인 관계를 맺게 되고 어딘가에 소속되어 있다는 사실만으로도 안정감을 느끼는 거잖아요."
　맥주에 안주처럼 흑돼지말이 한 조각을 우물거리며 그는 너무도 평온하게 재이에게 말을 뻗어냈다. 재이는 순간 당황했다. 지금 나를 두고 하는 말인가. 적극적이고 외향적인 성격인 건 알겠지만 이게 처음 본 사람에게 할 소리인가. 거기다 도태라니. 좋은 사람인 줄 알았는데 이 사람이 술에 취한 건가? 재이의 머릿속에는 오만가지 생각이 들었다.

 "어. 죄송해요. 그쪽을 지칭해서 하는 얘기는 아니고 그냥 평소에 궁금했거든요. 요즘 우리 회사도 그만두는 직원들이 많아졌거든요. 불러서 무슨 계획이 있는지 회사에서 불편한 일이 있는지 물어보면 물론 이직하는 친구들도 있지만 얼토당토않게 사업을 한다거나 갑자기 그 나이에 어학연수나 공부하겠다거나 하는 사람들도 적지 않아요. 어쩌면 그들이 저에게 진심을 이야기하지 않았을 수도 있겠죠. 물론 저도 그들에게 대놓고 도태되었다느니 소속감이 없는 설움을 너희가 아냐 느니 하는 꼰대 발언은 안 하긴 했어요. 그런데 이렇게 비슷한 분을 만나니 정말 궁금해지는 거 있죠. 너무 무례하게 얘기해서 미안해요."
 순간 재이는 나를 보는 사람들이 이런 마음일까 하는 생각이 들었다. 그의 말이 아주 틀렸다고 할 수는 없을 것이다. 인간의 욕구 단계까지 들먹이며 역설할 필요까지는 없어 보였지만 말이다. 그녀 역시 지금의 선택이 옳은 것인지에 대한 고민은 늘 했다. 그러나 인간의 삶을 옳다 그르다 평가할 수 있는 것은 정말이지 범죄에나 해당하는 것인데 그의 이야기를 듣고 나니 그동안 자신을 설득하던 주변인들의 노력이 그른 선택을 올바로 잡아주고자 하는 것이었나 싶은 생각이 들었다. 한참을 생각한 재이는 그에게 대답했다.

"글쎄요. 욕구단계를 먼저 얘기해 볼게요. 저는 개인적으로 사람은 각자의 역치를 가지고 있다고 생각해요. 역치라는 게 생물 시간에 배운 감각기관에서 느끼는 최소한의 자극을 뜻하지만 저는 모든 부분에 적용할 수 있는 것 같아요. 예를 들면, 똑같이 상사에게 혼나도 어떤 사람은 괜찮고 어떤 사람은 심하게 괴로워하잖아요. 서로가 견딜 수 있는 자극의 범위가 다른 거죠. 욕구도 마찬가지인 것 같아요. 매슬로우의 인간의 기본욕구 5단계 말씀하셨죠? 1단계가 생리적 욕구잖아요. 그런데 이것도 보면 어떤 사람은 한 끼를 먹어도 만족하고 어떤 사람은 세 끼를 꼬박 챙겨 먹고도 후식이나 간식을 먹어야 만족해하죠. 사회적 욕구도 큰 범위의 사회적 인정을 원하는 사람도 있지만 자신이 정해놓은 사회가 아주 작은 사람도 있어요. 가족에서 아주 절친한 친구들 정도까지. 이런 사람은 그저 가족과 친구들에게만 인정받으면 사회적 욕구가 실현되는 거죠. 그렇다면 다음 단계로 넘어갈 수 있는 거잖아요?"

"방금 한 이야기는 사회적 성공에 관해서는 관심이 없다는 걸로 들려요. 호랑이는 죽어서 가죽을 남기고 사람은 죽어서 이름을 남긴다는 속담이 있듯이 사회적 성공을 추구하지 않는 사람이 있을까요? 너무 옛날 사람처럼 이야기하긴 했지만 제 생각에 사회적 성공에 대해 이루지 못할 수는 있지만 아예 관심이 없다는 건 조금 이해하기 어렵네요."

진지한 얼굴로 재이의 이야기를 듣던 그가 말했다. 어느새 포장해 온 음식은 식어 말라갔고 음료도 바닥을 향해갔다.

"음. 그것도 마찬가지예요. 성공에 대한 각자의 기준이 다르잖아요. 저는 행복을 느끼는 순간이 있었다면 성공한 삶이라고 생각해요. 그 쪽은 행복이 뭐라고 생각하세요? 사회적으로 성공하면 행복한 건가요? 그렇다면 사회적 성공 이후 존경이나 자아실현욕구는 어떻게 이루게 되는 거죠? 그냥 생리적 욕구와 안전 욕구가 성립되면 그 범위 안에서 예를 들면 다달이 월급 받아서 원하는 것을 사고, 먹고 하는 행위만으로도 자아실현욕구까지 모두 이루는 사람도 있을 수 있는 거죠. 아니 애초에 그 욕구 5단계 자체가 성립이 안 될 수도 있어요. 밥도 못 먹고 누울 자리 하나 없지만, 자아실현을 위해 예술을 하는 사람이나 간디, 부처 같은 사람들은 어떻게 설명하실 거죠?"

재이의 답에 그는 반박하려는 듯 손끝으로 안경을 매만지더니 골똘히 무엇인가 생각했다. 도태라는 말에 조금 흥분했던 재이는 허리를 곧추세우고 머리를 질끈 묶으며 말을 이어갔다. 해는 완전히 지고 드문드문 놓인 가로등에 불이 켜지기 시작했다.

"도태된다고 하셨잖아요. 어쩌면 그럴지도 모르죠. 그런데 무엇을 기준으로 도태가 되는지는 생각해봐야 할 것 같아요. 원래는 진화하면서 필요 없어지는 기능들이 자연적으로 없어지는 현상을 도태된다고 하잖아요. 그런데 아마 그렇게 별 계획 없이 무작정 회사를 그만두는 사람들 뭐 저를 포함해서요. 그들은 오히려 도태를 선택한 거 아닐까요? 사회가 그들을 불필요하다고 걸러낸 건 아니니까요. 아마 그런 사람들 이해하기 어려우실 수도 있어요. 그냥 받아들이는 거죠. 저 사람은 종이 다르다고 말이에요."

재이는 딱딱하게 식은 김밥 한 조각을 입 안에 넣고 씹기 시작했다. 전복의 쫄깃하면서 단단한 식감과 짭짤하게 간이 밴 밥알, 고소한 김이 어우러진 김밥은 식기 전에 먹었으면 더 맛있었겠다 싶었다. 재이의 이야기를 들은 그는 연신 화가 난 거면 미안하다며 그러려고 했던 게 아닌데 기분 상하게 한 것 같다고 사과했다. 아마 그도 주변에 묻지 못했던 것을 처음 보는 재이에게 물어왔던 것이겠지 생각했다.

"아니요. 화는 안 났어요. 오히려 재밌었어요. 덕분에 제가 사피엔스에 더 가까운 인간이었구나를 새삼 느끼게 됐고요. 그런데 저도 오지랖을 좀 부리자면, 새로운 사람들이랑 만나는 걸 좋아한다고 하셨는데 비슷한 성향의 사람들만 만나신 건 아닐까요? 좀 더 다른 성향의 사람들과 친하게 지내보시는 것도 좋을 것 같아요. 물론 저 같은 사람들이 낯선 사람이 있는 모임에 잘 나가지는 않겠지만 말이에요."

말을 끝낸 재이는 단숨에 물 반병을 들이마셨다. 처음 봤던 모습과 너무도 달라진 그녀의 모습에 그는 당황하기도 했고 자신이 실수한 것만 같아 겸연쩍은지 조용히 남은 음식을 먹기 시작했다. 음식을 다 먹은 그들은 자리를 정리하고 가볍게 인사를 나눈 뒤 그는 숙소를 향해 재이는 공항을 향해 발길을 돌렸다. 하얀 모닝을 데리고 숙소로 돌아가는 재이의 얼굴에는 웃음기가 가득했다. 누군가를 향해 자기 생각을 이렇게까지 쏟아낸 적은 처음이었다.

숙소로 돌아와 씻고 기념품상점에서 사 온 엽서와 그가 준 파우치를 정리했다. 침대에 누운 재이는 곧장 잠이 들었다. 다음 날, 상의할 게 있으니 연락 달라는 팀장의 문자에 재이는 전화를 걸었다. 옆 부서 팀장이 곧 퇴사하게 되어 돌아올 생각이 있는지 묻는 연락이었다. 아직은 조금 더 쉬고 싶다고 전화를 끊자 팀장은 걱정과 설교가 뒤섞인 장문의 문자를 보내왔다. 재이는 팀장에게 문자 한 통을 남기고 스마트폰을 꺼버렸다.

'팀장님, 연락 주셔서 감사해요. 제가 어떤 사람을 만났는데 저 같은 사람은 사회에서 도태되었다는 거예요. 그래도 여기서 지내다 보니 제가 네안데르탈인보다는 사피엔스에 가까운 인간이라는 걸 느끼는 중인데 말이에요. 팀장님도 그렇게 생각하시는 거 아니죠? 그렇다면, 저는 당분간 도태된 삶을 살겠습니다. 서울 가서 연락드릴게요.'

격조높은 예술을 지향합니다만,

박선영

박선영   부당한걸 보면 못보는 20대를 지나 적당히 타협할줄 아는 나이가 됐다
고 생각했다. 하지만 여전히 약자에게만강하게 대하는 사람들은 도저
히 타협이 안된다고 생각하는 나. 이런 성격이 골치는 아프지만 그래
도 자랑스럽게 생각하면서 살아간다.

파리 전시 일정을 마치고 바로 교회로 복귀한 제니퍼 연은 피곤함에 얼굴을 찌푸렸지만 전달하고자 하는 말은 또박또박했다.

"제가 운영하는 회사는 격조 높은 고급 예술을 지향합니다."

제니퍼 연은 한숨을 크게 쉬고 말을 이어갔다. 그녀는 연지에게 미술관 개인전을 제안하였다. 연지는 갑작스러운 제안에 잠시 멈칫했지만 제니퍼 연의 의중을 알아차리려 애썼다.

만화가로 시작해 웹툰 작가로 살아가고 있는 연지는 전시를 한번도 해본 적이 없었다. 때문에 제니퍼 연의 제안이 조심스러울 밖에 없었다. 자신감 없는 연지의 마음을 알아챈 듯 제니퍼 연은 자신 있게 입을 열었다.

"요즘 현대미술 시장에 만화 캐릭터를 활용한 미술이 각광을 받고 있습니다."

연지는 홀린 듯 고개를 고개를 끄덕였다. 그녀도 언젠가 자신만의 예술을 펼쳐 보이고 싶었다. 하지만 현실은 언제나 밥벌이인 웹툰에 많은 시간을 투자할 수 밖에 없었다. 그런 연지에게 제니퍼 연의 제안은 자신이 없어도 선뜻 뿌리칠 수 없는 유혹이었다.

더군다나 몇 해 전 스페인의 프리도 미술관을 통째로 옮긴 듯한 전시로 화제에 오른 기획사의 대표가 제니퍼 연이라니. 처음 만남에도 연지가 그녀를 무한히 신뢰할 수 밖에 없는 이유였다.

우연히 성사된 만남에 연지는 아직도 얼떨떨 했다. 제니퍼 연과 대화하는 중에도 현실이 아닌 것 같았다. 그래서 이마를 짚고 가끔 머리를 흔들었다. 마감을 완전히 망치고 착잡한 심정에 들른 교회, 그곳에서 만난 장로 겸 전시 기획자 제니퍼 연 그리고 전시제안까지.

연지는 하루에 지옥과 천국을 오가는 느낌이었다.

어느 마감 일과 같이 연지는 밤을 새기로 작정했다. 연지는 완성된 원고를 담당자에게 보낸 후 꼭 아이스크림을 먹었다. 차가운 음식을 먹으면 항상 배탈이 났지만 연지는 마감 일에 맞춰 새로운 아이스크림으로 냉장고를 가득채웠다.

웹툰 작가가 된지 3년이 지났다. 하지만 이렇다 할 큰 반응은 없었다. 업로드만 하면 악플을 달러 오는 고정 아이디 몇 개 때문에 마감일마다 연지는 복통과 두통을 달고 산다.

그래서 꼭 마감을 마치고 먹는 아이스크림은 엄청난 보상이다.

하지만 그날은 왠지 아이스크림을 먼저 먹고 싶은 날이었다. 연지는 초조하게 냉장고 앞을 서성였다. 이브가 선악과에 손을 대듯 조심스럽게 냉장고 문을 열었다. 빨간 레드벨벳 아이스크림이 연지의 호기심을 자극했다. 이윽고 비어 문 아이스크림은 달콤했지만 끝에는 시큼한 맛이 나는 신기한 맛이었다.

결국 연지는 밤새 배탈에 시달렸다. 3일 내내 밤을 샌 연지는 배탈까지 겹쳐 거의 실신하다시피 잠이 들었다.

잠에서 깬 연지는 이상하게도 머리가 맑게 느껴졌다. 이상한 느낌에 얼른 핸드폰을 켰다.

오후2시

마감시간이 무려 4시간 지난 지점이었다. 머리가 멍해졌다. 아니 하얘졌다.

연지는 핸드폰을 멍하니 쳐다보았다. 부재중 전화 23통, 문자 15개, 담당자의 절규가 들려오는 듯 했다. 도망가고 싶었지만 차라리 매도 빨리 맞는 게 낫다 싶었다. 담당자에게 전화를 걸었다. 연지는 자신을 유일하게 믿어 주는 담당자에게 죄송하다는 말밖에 할 수 없었다. 어떤 변명도 소용없었다. 연거푸 머리를 숙이며 사과를 하고 담당자에게 용서와 이해를 구할 수 있었다.

연지는 긴장이 풀렸다. 그리고 자신의 머리를 콩 쥐어박았다. 마감 때문에 거의 씻지도 못하고 먹지도 못했는데 마감 시간까지 놓치다니. 연지는 탈출하다시피 자신의 작은 방을 나왔다. 절망적이었지만 오늘만 지나가면 또 지나가리라 생각했다.

자신의 마음과는 다르게 날씨는 햇빛이 쨍하고 바람은 적당히 시원했다. 날씨가 연지를 밖으로 이끄는 듯 했다. 마감 때문에 그동안 못했던 노래도 부르고 고기도 실컷 먹고 사고 싶었던 귀걸이도 손에 넣었다.

그리고 생각난 김에 오랜만에 서점에 들렀다. 출판 만화가로 활동할 때는 종종 이곳에 들렀지만 웹툰작가로 활동하면서는 발길을 끊었었다.

화려한 색감의 클림트, 원색과 거친 붓 터치가 조화로운 고흐, 지금 봐도 세련된 드로잉을 가진 에곤쉴레까지.

학교 다닐 때 연지가 좋아했던 작가들의 화집이 눈길을 끌었다. 연지는 에곤쉴레를 좋아해서 화가가 되기로 결심했다. 하지만 부모님은 항상 예술가는 배고픈 직업이다 반대하셨다. 그래서 찾은 타협점이 애니메이션과 였고 졸업하고 데뷔를 위해 유명 만화가의 어시스턴트로 일을 시작했다. 박봉이었지만 연지는 만족했다. 하지만 아버지가 갑작스레 돌아가시고 몸이 약해진 어머니를 위해 생활비를 벌어야 했다. 수입이 일정한 웹툰을 하면서 어느 정도 아끼면 어머니에게 최소한의 생활비는 보내 줄 수 있었다. 하루 종일 컴퓨터 모니터를 쳐다보면서 뭐하고 있는 거지 자문하는 날이 많았지만 아주 보람이 없는 일은 아니었다.

가끔 달리는 긍정적인 댓글이 연지가 3년 동안 일을 하게 만든 원동력이었다. 그 중에서도 가장 듣기 좋았던 댓글이 있었다. 한 독자가 연지의 그림이 에곤쉴레가 생각난다 했다. 아직도 그 댓글은 캡쳐해 휴대폰 갤러리에 저장되어 있다.

연지는 갑자기 밀려오는 한숨을 푹 쉬었다. 십 년 넘게 그림을 그렸지만 자신이 한심하게 느껴졌다. 부정적인 기분을 모두 떨쳤다고 생각했는데 마감을 못 지킨 생각이 다시 떠올랐다.

연지는 에곤쉴레의 화집을 사서 밖으로 나왔다. 터벅터벅 목적지 없이 걸었다. 부정적인 생각이 꼬리에 꼬리를 문다. 다시 한숨을 쉬고 하늘을 올려다 보았다. 파란색에 빨간 조명이 장식된 십자가가 눈에 띄였다.

'그래 기도라도 하자'

평생 무신론자로 살아온 그녀에게는 엄청난 결심이었다. 앞길이 캄캄할 때는 그동안 해보지 않는 행동을 해보는 것이 중요하다. 연지가 언젠가 어머니에게 들었던 말이었다. 난생처음 교회에 발을 딛는 것 연지가 평생 처음 하는 행동이었다.

예배가 없는 날이라 교회 안은 텅 비어있었다. 조명은 기도하기에 적당히 어두웠고 고요했다. 연지는 조심스레 발걸음을 맨 앞자리로 옮겼다. 차가운 나무 의자에 앉아 어색하게 손을 합장했다. 컴퓨터로 슥슥 그리고 댓글에 시달리는 웹툰 작가를 관두고 싶지만 생계가 달려있다. 주변의 시선을 신경 쓰지 않고 오랜 시간 공들인 만화책을 만들고 싶지만 요즘 시대와는 맞지 않는다.

연지는 현실을 잊기 위해 눈을 감고 기도에 집중했다. 하나님이 들을 수 있도록 연지는 소리 내서 기도를 해보기로 했다.

"하나님. 엄마를 생각하면 제가 계속 웹툰을 하는 게 맞겠지만 저도 가끔은 하고 싶은 일만 하면서 살고 싶어요. 만화책을 만들어보고 싶어요. 그런데 사람들이 좋아할까요? 대답 좀 해주세요."

"그 분은 대답은 안하십니다!"

연지는 갑작스럽게 들려오는 소리에 소스라치게 놀랐다. 그녀가 마감을 앞두고 먹었던 레드벨벳 아이스크림처럼 새빨간 투피스 정장을 입은 여자가 또각또각 구두소리를 내며 걸어왔다. 바로 제니퍼 연이었다.

두 사람의 우연히 만남이 있고 난 후 3일이 지났다. 연지가 그날 있었던 만남을 잊어버릴 때쯤 제니퍼 연은 문자메세지 하나를 보냈다.

'경기도 소재 아트센터에서 개인전 어떠세요?'

그리고 당장 답변이 듣고 싶었는지 그녀는 연지에게 전화를 걸었다. 재촉하는 듯한 벨소리에 연지는 망설였지만 응답했다. 대관료 200만원을 지불하고 전시를 확정 지으면 된다는 제니퍼 연의 말에 연지는 전화를 받을 때보다 더욱 망설였다. 물론 통장에 비상금으로 여윳돈이 있지만 연지에게 200만원은 큰 액수였다. 생각 보고 다시 연락을 하겠다는 상투적인 대답과 함께 전화를 끊고 다시 통장 잔고를 확인했다.

엄마에게 보낼 생활비 100만원, 보험금, 대출금과 공과금을 제외하고 계산기를 두드려보면 아주 불가능한 액수도 아니었다. 한번 꿈을 위해 지출 할만 했다.

연지는 제니퍼 연에게 전시를 할 수 있다는 문자 메세지를 보냈다.

승낙과 동시에 전시 기획은 빠르게 진행되었다. 연지는 심사숙고하지 않고 덜컥 잘 알지도 못하는 사람을 신뢰한 것은 아닌지 걱정이 들었다. 때문에 나름대로 제니퍼 연의 회사에 대해 객관적인 데이터를 조사해보았다. 강남 비싼 땅에 위치한 사무실, 팔로우수가 꽤 많은 회사 공식 인스타그램, 꾸준히 팔려나가는 전속 작가들의 작품까지. 연지는 그만하면 제니퍼 연과 일을 진행해도 무리는 없겠다 생각했다. 하지만 마음 속에 말로는 표현할 수 없는 안 좋은 촉이 있었다.

연지는 고개를 절레절레 흔들었다. 자신의 이상한 촉을 부정하고 제니퍼 연을 다시금 신뢰하고 싶었다. 아니 3달 뒤에 열릴 개인전을 생각하며 그녀를 믿어 보기로 결심했다.

"연지씨 여기에요!"

제니퍼 연은 빨간 정장을 입고 한쪽 팔은 살짝 구부려 명품 백이 잘 보이도록 바치고 연지를 향해 손을 흔들었다. 개인전이 열릴 장소를 함께 보면서 작품 수나 방향 등을 정하기로 했다. 생각보다 꽤 큰 규모 와 압도적인 분위기에 연지는 놀랐다. 앞으로 어떻게 작품의 주제를 정하고 배치할지 머리 속이 복잡해졌다. 그에 반해 제니퍼 연의 목소 리는 자신감으로 넘쳤다. 아트센터 전시 담당자에게 연지를 소개하고 파리에 다녀 온 무용담을 늘어놓았다.

"에펠탑은 갈때 마다 봐도 아름다워요."
"저는 7년 전에 출장 가서 본 게 처음이었어요. 근데 작품은 좀 판 매됐나요?"

전시 담당자의 갑작스런 질문에 제니퍼 연은 멋쩍은 듯 안경을 이 마로 치켜 올렸다. 아직 해외전시를 통해 작품이 판매 된 적은 없지만 국내 작가들을 위해 꾸준히 노력하고 있다는 상투적인 대답이었다. 연지는 제니퍼 연의 대답에 실망했지만 크게 개의치 않았다. 머리 속 이 개인전으로 굉장히 복잡했기 때문이다.

제니퍼 연과의 짧은 만남 뒤로 연지는 화방에 들렀다. 10년 만에 오 는 연지가 제일 좋아했던 장소였다. 익숙한 물감 냄새와 타각타각 캔버스 짜는 소리들 오랜만에 마음이 편해졌다. 연지는 정해진 예산 안에서 구입 해야 하기에 원하는 물감을 넣었다 뺏다를 반복했다. 캔버스도 오랜만에 주문하는 거라 사이즈를 또 확인하고 조정하느라 시간이 배로 걸렸지만 연지는 피곤한 줄 몰랐다.

집에 돌아 온 연지는 잠시 쉴 시간도 아깝다는 듯 스크랩북을 뒤졌다. 학부시절에 꼭 만들고 싶었던 작품이 있었다. 마지막 졸업작품 시리즈로 내놓고 싶었지만 교수님의 설득으로 다른 주제를 선정했던 기억이 난다. 그 후로 한 쪽에 쳐박아 있던 스크랩북이었다. 이렇게 다시 꺼낼 줄은 몰랐다. 언젠가 기회가 된다면 꼭 그리고 싶은 그림의 아이디어가 담긴 스크랩북을 연지는 조심스레 넘겨보았다. 이제는 돌아가신 아버지와 어린시절의 연지가 생일 축하 고깔을 나란히 쓰고 웃고 있었다. 그 옆에는 70대에 그림을 시작했지만 100살 넘게 그림을 그린 모지스 할머니의 기사가 붙여있었다. 연지는 모든 기억이 떠올랐다. 언뜻보면 아이가 그린 듯 어설프고 유치 해보이지만 진심이 담긴 모지스 할머니처럼 그리고 싶었던 시절이 떠올랐다.

첫 전시회 이름은 「어린시절, 기억 그리고 아버지」

모든 예술은 작가 개인의 것에서 출발하지만 결국은 대중의 공감대를 형성해야 한다 믿는 연지 이기에 "가족"을 주제로 첫 개인전을 준비하기로 결심했다. 기획자인 제니퍼 연에게도 개인전 전반에 대한 사항을 공유했다. 아직 작품이 완성된 것이 아니기 때문에 스케치와 작품갯수, 배치도 등을 넣어서 연지는 메일을 보냈다.

연지는 마음 한 켠이 따뜻해졌다. 비록 생각지 못한 200만원의 거금을 지출하고 덜컥 계약한 순간을 후회하기도 했지만 돌아가신 아버지를 그릴 수 있다니 좋은 기회라 생각했다. 마침 화방에서 주문해놓은 캔버스가 배달왔다. 젯소가 한번 칠해진 후 빳빳하게 힘을 모아 견고한 틀에 짜서 넣은 하얀 캔버스를 보니 연지는 당장 그리고 싶은 욕구가 생겼다. 아까 추려놓은 가족사진 한 장을 골라 종이에 밑그림을 그렸다. 연필이 사각사각 소리를 내고 연지의 머리 속 아이디어가 생명을 얻은 듯 흰 종이 위에 옮겨졌다. 개인전 대표 작품은 연지와 아버지가 함께 유치원 행사를 즐기고 있는 사진을 아크릴 물감으로 재현해낸 그림이다. 오래 걸릴 줄 알았던 전시 기획안이 나와서 연지는 기쁨 마음에 제니퍼 연에서 앞서 정리한 내용을 전송했다.

몇 분 후 도착한 제니퍼 연의 답장에는 짤막한 한마디만 쓰여있었다.

[작가님..]

연지가 답장에 물음을 가지고 있을 때 곧바로 전화가 걸려왔다. 잠시 처음 만났던 교회 근처 카페에서 만날 수 있냐는 제안이었다. 연지는 전시 기획 안을 직접 보고 공유 하는게 좋을 거 같아 약속을 수락했다.

"작가님 여기에요!"

제니퍼 연은 빨간색 립스틱을 칠한 입술을 크게 벌리고 연지를 향해 손짓을 했다. 이미 연지가 오기도 전에 시켜 놓은 듯한 카페라떼 두 잔과 치즈와 아이스크림이 범벅 된 와플이 준비되어 있었다. 제니퍼 연은 자주 오는 브런치 카페고 와플이 벨기에에서 먹어본 맛과 똑같다며 극찬을 했다. 그러고는 몇 장의 사진을 찍어 바로 회사 SNS에 올렸다.. 제니퍼 연은 가끔 회사 SNS에 본인이 어디를 가는지 누구를 만나는지 올려야 작가나 컬렉터들의 신임을 얻을 수 있다고 했다. 연지는 뜻을 이해할 수 없었다. 하지만 제니퍼 연이 만나자고 제안한 곳이 최근 생긴 소위 말하는 핫플레이스 호텔의 카페임을 알고 깨달은 듯 고개를 끄덕였다. 제니퍼 연은 포크로 와플에 아이스크림을 얹으며 말했다.

"우리 회사 같이 VIP고객을 많이 상대하는 곳은 대표가 자주 가는 카페가 어느 곳인지도 중요해요. 회사 위치나 타고 다니는 차도 그렇고요."

말을 끝내고 그녀는 별말 아니라는 듯 눈썹을 한번 들썩였다. 연지는 그녀와의 만남을 상기해봤다. 언제나 질 좋은 구두와 옷, 가방을 착용하고 있었고 언뜻 보았지만 타고 다니는 차도 반짝거렸다. 연지는 생각을 멈추고 고개를 절레절레 흔들었다. 생각을 전환하고 집중하기 위한 그녀의 버릇이다. 전시 기획 안에 대해 이야기하러 온 자리에 제니퍼 연의 겉치레는 중요하지 않았다. 연지는 제니퍼 연을 불러 주위를 환기 시켰다. 이야기하는 주제를 바꾸고 싶었다. 하지만 연지가 운을 떼기도 전에 제니퍼 연이 기획안 이야기를 꺼냈다. 그녀는 실망스러운 듯 한숨을 쉬며 입을 뗐다.

"내가 왜 작가님에게 전시 제안 한지 모르겠죠? 개인전 진행도 전무한 신진작가에게 미술관 개인전 제안은 엄청나게 파격 적인거에요."

연지는 고개를 끄덕였다. 본인이 생각해도 믿을 수 없는 제안이었기 때문이다. 제니퍼 연은 처음 연지를 만나고 연재하는 웹툰을 본 후 미술 작가로 가능성을 발견했다고 말했다. 제니퍼 연이 말한 가능성은 연지가 현재 미술 시장에 팔릴만한 작품을 만들어 낼 수 있었기 때문이었다. 요즘 잘나가는 이무신작가, 정원규작가 모두 만화체를 택해 젊은 컬렉터들에게도 불티나게 판매된다며 제니퍼 연은 살짝 열을 올렸다. 연지의 기획 안을 본 제니퍼 연은 그 가능성이 보이지 않는다면서 달아오른 얼굴을 손 부채질로 가라앉혔다.

"컬렉터들은 캐릭터 그림을 구매해도 다른 인물이 그려진 그림은 도무지 사려고 하지 않아요. 알겠어요?"

제니퍼 연은 살짝 눈을 내리깔고 가르치려는 말투로 쏘아 부쳤다.

연지는 제니퍼 연의 태도가 마음에 들지 않았지만 생각을 설득하기 위해 입을 열었다.

　"저는 그림을 팔기 위해 개인전 여는 게 아닌데요? 첫 개인전이니 만큼 가족을 그리고 싶었고…"

　연지가 이어지는 말을 하려 하자 제니퍼 연은 말을 딱 끊어버렸다. 더 이상 듣기 싫다는 손짓을 하며 다른 건수를 걸고 넘겼다. 연지가 보낸 작품 스케치가 유치하다는 건수 였다. 미술 학원에 막 들어간 학생의 작품 같다는 평가를 하기 시작했다. 연지는 스케치일 뿐이고 아직 작품은 완성되지 않았다는 반박을 하고 싶었지만 도무지 들어갈 틈이 없었다. 웹툰 연재 담당자와도 작품의 방향 때문에 종종 의견 다툼이 있었지만 그것과는 결이 다르다고 느낀 연지 였다. 마음이 상해 더 이상 이야기가 힘들어 연지는 제니퍼 연에게 양해를 구하고 집으로 돌아왔다. 제니퍼 연은 더 생각 해보라는 말을 남긴 채 반짝거리는 차를 타고 쌩 하니 가버렸다.

　제니퍼 연과의 만남을 통해 웹툰이 아닌 미술작가로의 꿈을 이룰 수 있을 거라 생각했는데 마음에 묵직함만 남았다. 집에 돌아오는 길에 연지는 제니퍼 연이 말한 이무신작가와 정원규작가의 그림을 검색했다. 화려한 원색에 눈이 큰 만화 캐릭터, 동글동글해 귀여운 작가의 상징 같은 그림이 눈을 사로잡았다. 연지는 자신도 모르게 몇 년 전에 그렸던 캐릭터를 찾아보았다. 한창 토끼 캐릭터가 유행일 때 공모전에 내서 상금을 벌어보겠다며 그렸던 캐릭터이다. 공모전에 떨어진 후 보기 싫어 구석에 박아두었다. 제니퍼 연의 말이 귓가에 맴돌아 연지는 이 캐릭터로 개인전의 주제를 바꾸어볼까 생각했다. 이런 연지의 생각을 멈춘 건 갑자기 울린 전화벨 이었다.

"연지작가 다음 마감에는 펑크 낸 것까지 2배 분량으로 준비해하는 거 알죠?"
"주임님 2배는 너무했다. 1.5배는 안돼요?"

연지는 잠시 웃음이 돌아왔다. 3년 동안 지지부진해도 자신을 믿어주는 연지가 의지하는 담당자의 전화였다. 이번 마감 사건도 담당자가 잘 처리하는 바람에 연지가 곤란할 수 있었던 상황은 모면했다. 연지는 엄마에게도 알리지 않는 개인전 소식을 먼저 전해주고 싶었다.

예상대로 담당자는 축하한다는 말을 했지만 너무 급하게 서두르지말라는 당부도 했다. 몇 년 전 새로운 사이트와 연지가 계약할 때 위험할 수 있었던 계약서를 담당자가 검토해줬던 기억이 났다.

"맞다! 주임님이 그때 새로 계약할 때도 서두르지 말라고 했는데. 기억나요?"
"그죠. 그때 사기 당할 뻔 했잖아. 이번에도 잘 알아봐요."

짧은 통화를 뒤로하고 제니퍼 연이 준 명함을 보고 검색 창에 회사 이름을 입력했다. 나무랄 것 없는 회사 홈페이지와 작품 판매 사이트들을 보니 마음이 놓였다. 연지는 창을 쭉 내리고 본인의 판단이 틀리지 않았음을 확인하던 중 이상한 글귀를 발견했다. 제니퍼 연의 회사와 전시를 진행한 작가인 것 같은데 블로그에 불만 가득한 소리가 적혀있었다. 연지는 용기를 내어 작가와 대화를 시작했다. 다행히 작가는 접속해있는 듯 바로 답변을 주었다. 제니퍼 연과 전시한 작가들은 모두 언쟁이 이었다고 한다. 심지어 고소까지 진행한 작가도 있었다니 연지는 머리가 하얘 졌다. 그녀가 이미 들은 불쾌한 말들도 많은 작가들이 겪은 경험이라는 말까지 들으니 개인전을 하고 싶은 마음이 사라졌다.

　연지가 마감을 앞두고 불길한 느낌이 들었지만 먹었던 레드벨벳 아이스크림처럼 제니퍼 연과의 만남도 왠지 불길했다. 평소 가지 않던 교회에 발길을 들인 것도 거기서 그녀를 만났것 까지 좋아 보였던 모든 것들이 불길한 징조가 되었다. 연지는 당장 제니퍼 연에게 입금시킨 200만원을 돌려받고 싶었다. 많은 작가들에게 평판이 좋지 않은 제니퍼 연에게 덫처럼 걸려버린 자신이 원망스러웠지만 시행착오라고 생각했다. 연지가 골치 아픈 듯 머리를 짚고 있을 때 마침 제니퍼 연에게 전화가 왔다.

　"작가님 생각 좀 해봤나요?"

"저 200만원 돌려주세요."

연지는 단호하게 이야기했다. 평판이 좋지 않은 사람과는 일하고 싶지 않은 연지였다. 더군다나 작가의 작품을 자기 입맛에 조정해놓고 판매한 금액도 주지 않는 사람이었다니 연지는 더욱 단호해졌다. 예상대로 제니퍼 연의 어이없는 웃음소리가 들려왔다. 이제 막 시작하는 작가가 본인처럼 업계에 인맥이 있는 사람에게 함부로 대하면 안된다며 제니퍼 연은 또 가르쳤다. 연지는 이야기하면 할수록 큰 벽과 이야기하는 기분이 들었다.

"그럼 제가 처음 생각했던 대로 전시 진행할게요."
"신진작가가 건방지네요. 기획자 말도 안 듣고. 아마 한 작품도 팔리지 않을 겁니다. 우리 회사가 추구하는 고급화 전략에도 맞지 않는 작품들이고요."

연지는 제니퍼 연이 짓던 어이없는 웃음을 소리 내서 웃어줬다. 제니퍼 연은 더욱 농도 짙은 비난을 연지에게 했지만 이미 마음이 굳어진 그녀의 마음을 움직일 수 없었다. 큰 벽과 이야기하느니 연지는 전화를 끊는 게 현명하다 판단했다.

그리고 곧장 캔버스를 가지런히 작업실 한 곳에 세웠다. 새로 산 물감도 가지런히 짜두었다. 물기를 먹지 않아 빳빳한 붓도 준비해두었다. 이제 연지가 처음 생각한 추억 속에 있는 아버지와 자신을 그리면 된다. 손이 움직이는 대로 붓이 이끄는 방향대로 바삐 그리기만 하면 된다. 이번에는 결코 개인전 작품이 마무리 되기 전까지 아이스크림 은 절대 손대지 않으리라

숙희

김영선

김 영 선   30년 넘게 영업조직에서 관리자로 일하고 있습니다. 주로 여성들과 함께 일하면서 그녀들의 아픈 이야기를 많이 듣게 됩니다. 〈숙희〉는 수많은 그녀들 중 한 여인의 사연을 토대로 했습니다. 발라드와 트로트를 좋아하고 귀염둥이 고양이 호두와 같이 살며 '백작부인'이라는 별명으로 오래도록 불리고 있습니다.

인스타그램: https://www.instagram.com/bekjakbuin

초인종이 울렸다. 비디오폰에 남편의 얼굴이 보였다. 순간 그녀의 심장이 방망이질 하기 시작했다. 문을 열기 무서웠다. 어머니도 나가고 계시지 않아 혼자였다. 문을 열지 않자 남편은 철문을 두드리며 소리를 지르기 시작했다. 여기저기 이웃집에서 대문을 열고 웅성거리는 소리가 들렸다. 그대로 있다가는 이웃들과 무슨 일이 일어날 것만 같았다. 불안한 마음으로 그녀는 문고리를 젖혔다. 문이 열리자 뭐라 말할 겨를도 없이 남편이 집안으로 밀고 들어왔다. 그의 손에는 고깃집에서나 쓸법한 가위가 들려 있었다.

숙희, 그녀 나이 23살에 남편을 처음 만났다. 숙희의 어린시절은 행복했다. 다정한 부모밑에서 사랑을 많이 받고 자랐다. 위로는 언니가 있고 아래로는 동생이 셋 있다. 그러나 아버지의 사업 실패로 가세가 기울고 엎친데 덮친 격으로 살던 집이 불이나서 다 타 없어졌다. 집마저 잃게 되자 좌절에 빠진 아버지는 술에 의지해 나날을 보냈다. 그런 아버지는 어느날 귀갓길에 넘어져서 뇌출혈로 돌아가시고 숙희네의 형편은 점점 힘들어졌다.

어머니 혼자 여러 자식들을 돌보기에는 힘에 겨웠다. 언니는 대학에 들어가면서 타지에서 자취를 했다. 어머니는 다섯 남매의 뒷바라지를 위해 별을 보며 나가고 별을 보며 들어오는 고된 생활을 했다. 그런 어머니와 어린 동생들을 돌봐야 하는 숙희는 대학진학을 포기하고 생활전선에 나가게 되었다. 처음 일하게 된 곳은 여성복을 파는 옷가게였다. 지기 싫어하고 성취욕과 명예욕이 강한 숙희는 열심히 일했다. 손님들에게는 최선을 다했다. 그저 물건을 팔기만 하는 점원이 아니라 그들의 이야기를 들어주고 좋은 일엔 함께 웃었고 슬픈 일엔 함께 울었다. 옷을 사러 오는 손님들은 모두 숙희만 찾았다. 가게는 숙희가 온 후 손님이 많이 늘어났고 장사가 잘 되었다. 일을 시작한지 1년이 되기 전에 매니저가 되었고 사장님에게도 가장 인정받는 직원이 되었다. 사장님은 주위에서 사람 좋기로 소문이 나 있었다. 늘 사람이 많이 드나들었고 그중에도 자주 찾아오는 남자가 있었다. 그는 가게 사장님과 개인적인 친분이 있는 사람이었다. 사업을 한다는 남자는 수시로 가게에 드나들며 그녀에게 관심을 가지기 시작했고 이따금 농담 섞인 애정표현을 하기도 했다.

그럴 때마다 그녀 역시 가볍게 웃어 넘겼다. 당시 그는 가정이 있는 유부남이었다. 남자는 여전히 숙희에게 장난처럼 고백을 하곤 했다. 서글서글한 성격의 그는 위트있는 말로 숙희를 즐겁게 했고 재치있는 말솜씨는 숙희를 기분좋게 했다. 그런 남자가 숙희도 싫지는 않았다. 그러던 어느날 남자가 정중하게 데이트를 신청했다. 평소 좋은 감정을 가지고 있던 숙희는 데이트를 허락했다. 분위기 좋은 레스토랑에서 비싼 음식을 마주하고 앉은 두 사람은 마치 낯선 사람들처럼 어색했다. 말없이 음식만 먹고 있던 숙희에게 남자가 말을 건넸다.

"숙희야 우리 같이 살자, 나 너 보려고 가게에도 자주 갔었어 그리고 나 이혼했어".

남자를 처음 본 날로부터 2년쯤 지난 때였다. 남자의 표정은 평소와 달랐다. 그 남자는 아내와 이혼을 하고 숙희에게 간곡하게 청혼을 해왔다. 갑작스런 상황에 놀란 숙희는 아무말도 할 수 없었다. 손에 들고 있던 포크를 내려놓고 먼저 일어났다. 혼란스러웠다. 그냥 알고 지내던 마음씨 좋은 아저씨였던 그가 덜컥 이혼까지 하고 청혼을 한 것이다.

가진 것 모두를 다 내어주고 왔다는 그는 어디 잠잘 곳조차 없는 처지였다. 더는 그를 밀어낼 수도 없었고 그동안의 시간들은 그런 그에게서 연민을 느끼게 했다. 잠잘 곳이 없어 사무실 소파에서 자고 밥도 먹는둥 마는둥 지내고 있었다. 그렇게 자주 오던 숙희네 가게에도 드문 드문 들릴 뿐이었다. 남자의 모습은 점점 여위어갔다. 청혼을 하기 위해 이혼을 하고 거처도 없는 남자를 보는 숙희의 마음은 편치 않았고 그게 모두 자기 때문인 것 같았다. 인정 많고 마음 약한 숙희는 돌아갈 곳 없는 남자를 그냥 모른척 할 수 없었다. 결국, 두 사람은 결혼식 없이 혼인 신고를 하고 숙희의 자취방에서 동거를 시작했다. 방 한칸의 작은 공간에서 시작된 생활이었지만 숙희도 그 남자도 서로 직업이 있었고 크게 문제될 건 없었다. 서로의 생활도 그다지 간섭없이 지냈다. 단칸방에 살아도 행복했다.

그러나, 시간이 흐를수록 감정이 상하는 일들이 생겨났다. 그에게 는 6살이 된 딸이 있다. 아이는 엄마와 함께 지내기로 한 것인데 그 딸 을 핑계로 수시로 만나러 가거나 집을 비우는 날이 잦아졌다. 항상 밝 고 잘 웃던 숙희는 온데간데 없고 거울에 비춰진 그녀의 모습은 초라 했다. 얼굴엔 수심이 가득했고 표정은 늘 우울했다.

남자의 사업은 잘 되어 자산이 점점 늘어갔다. 집을 키워 이사를 하 고 숙희는 일을 그만두고 전업주부의 생활을 시작했다. 남자는 여유 가 생기기 시작하자 밤엔 술집을 드나들며 여자들과 어울리고 외박을 하는 날이 많아졌고 낮엔 친구들이나 업계의 사람들과 모여 화투를 치거나 노름을 하고 놀았다. 사생활은 점점 문란해져 갔고 가정은 나 몰라라 했다. 정신적으로 고통받는 시간이 늘어갔다. 숙희의 뱃속에 는 새 생명이 자라고 있었다. 그녀는 점점 지쳐만 갔다.

아이가 태어 났다. 키가 큰 남편을 닮아 신생아임에도 키가 컸고 인 물이 좋은 아빠를 닮아 이목구비가 뚜렷했다. 말하지 않아도 누구 아 이인지 한 눈에 알아 볼 정도였다. 자기와 쏙 빼닮은 아들이라 좋아할 줄 알았지만 남편은 그다지 좋아하지 않았고 여전히 전처의 딸에게만 마음을 다했다. 육아도 살림도 혼자 해내야 하는 숙희의 생활은 고달

프기만 했다.

'결혼식을 하고 공식적인 부부가 되면 나아질까,,,.'

숙희는 결혼식을 제안하고 남자는 흔쾌히 동의했다. 결혼식 후 잠시 나아지는 듯도 했다. 그러나 그건 숙희 혼자만의 바램이고 생각이었다. 남편의 생활은 더 문란해져 갔고 상황은 더욱 나빠졌다. 어린 나이에 모두가 반대하는 결혼을 한 탓에 누구 하소연 할만한 사람도 없는 숙희는 오랜 고민끝에 일을 시작하기로 했다.

마음의 위로라도 될까, 바깥 세상으로 나가면 숨막히는 생활을 잠시라도 잊을 수 있을 것 같았다. 직장에 나가면 일에만 집중하여 정말 열심히 했고 남들보다 빠르게 성장했다. 명예욕이 강한 숙희는 지위가 점점 높아졌고 일에 집중하는 시간이 늘어갔다. 남편은 이런 숙희를 의심하기 시작했다. 나가서 어떤 젊은 놈을 만나고 다니느냐 추궁을 했고 급기야 스토킹까지 하기에 이르렀다.

시도때도 없이 전화를 했고 손님을 만나고 있다면 그 장소를 확인해야 했다. 워크샵이나 세미나를 갈때는 현장을 사진으로 보내 확인시켜야 했고 위치공유를 통해 어디에 있는지 알고자 했다. 심지어 회사에 있는 시간조차도 사무실까지 쳐들어왔다. 주차장에 차가 세워져있지만 차를 두고 어떤 놈을 만나러 갔을지도 모른다며 회사 주위를 뒤지고 다녔다. 사무실에 와서도 당장 눈에 보이지 않으면 온 방마다 문을 벌컥벌컥 열어 다른 사람에게까지 불편을 끼치는 것이 하루 이틀이 아니었다. 직장생활도 원만하게 할 수 없는 지경이었다. 둘의 감정은 극에 치달았다. 서로의 마음을 찢어놓는 말들이 오갔고 아이에게도 입에 담기 힘든 험한 말들과 감정이 그대로 전해졌다. 아이도 아빠에 대한 혐오가 점점 심해졌다. 아빠의 물음에 대답을 잘 하지 않는 것은 물론이고 아빠가 집에 있는 날은 친구와 밖에서 시간을 보냈다.

숙희는 수도없이 헤어질 결심을 해보지만 엄마 없이 어른이 되어야 할 아이의 걱정과 이혼녀라는 딱지를 달고 혼자 살아갈 수 있을까 하는 생각이 언제나 발목을 잡았다.

지칠대로 지친 생활에 숙희는 이혼을 요구했지만 남편은 절대로 보내주지 않겠다고 으름장을 놓았다. 견디다 못한 숙희는 가출을 계획했다.

평소에 바다를 무척 좋아했던 숙희다. 바다와 닮았다고 생각했다. 늘 잔잔하고 평온해 보이지만 수면 아래에서는 숱한 일들이 일어나고 있는 것이 마치 자신의 모습 같았다. 바다를 보며 나도 힘들다고 나는 지금 너무나 아프다고 소리치고 싶었다. 내친김에 그녀는 옷가지를 챙겨담은 가방을 차에 싣고 운전석에 앉아서 휴대폰을 꺼내 전원을 껐다. 그리고 바다로 가기위해 무작정 차를 몰았다. 남편이 있지 않은 곳이면 어디든 좋을 것 같았다. 몇시간을 달려 바다가 보이는 작은 마을에 도착했다. 옹기종기 몇 안되는 인가가 모여있는 한적한 곳이었다. 가까운 모텔에 방을 얻어 짐을 풀었다.

아무도 아는 이 없는 낯선 곳, 이곳이라면 마음을 좀 달랠수도 있을 것 같았다. 모텔방엔 깨끗히 손질된 침구와 창밖을 볼 수 있게 테이블이 놓여져 있었고 작은 냉장고가 있었다. 냉장고 문을 열자 생수 한 병 그리고 마치 그녀를 위해 준비한 듯 캔맥주 두 개가 있다. 숙희는 캔맥주를 하나 꺼내 뚜껑을 따고 테이블에 가 앉았다. 바닷물의 잔잔한 출렁임이 귓가에 전해져 왔다. 남편을 이해하려고도 했고 스스로를 돌아보기도 했다. 그러나 아무리 생각해봐도 남편을 이해할 수가 없었다. 남편이 그동안 보여 준 말과 행동들은 그녀에게 너무나 많은 상처가 됐다. 긴 시간동안 갇혀 있던 감정이 복받쳐 올랐다. 눈물이 얼굴을 덮었다.

나 혼자 살 수 있을까,..생각에 잠겼다. 혼자 자취하던 시절부터 직장생활을 하며 이루어낸 것들을 되짚어 봤다. 단칸방에 살며 옷가게 점원으로 일했던 시절 누구 도움 없이도 혼자 잘 살아냈던 그녀였다. 무슨 일이든 열심히 하는 성격으로 주위로부터 항상 사랑받고 인정받았고, 모두가 반대하는 결혼이었지만 잘 살 수 있을거라는 강한 자신감으로 강행했다. 변해가는 남편의 모습을 견뎌내며 육아도 혼자 해냈다. 그리고 지금의 직장에서도 누구보다 열심히 해서 능력을 인정받는 관리자의 자리에까지 오게 됐다.
'내가 뭘 잘못했지? 난 왜 도망치려 하는거지?'
숙희의 머릿속은 복잡했다. 여러가지 생각이 뒤엉켜 어지러웠다.

심한 두통을 느끼며 눈을 떴다. 오랜만에 마신 맥주 때문만은 아니었을 것이다. 술기운으로 잠이 든 모양이었다. 촛점 없는 시선은 모텔방 천장을 맴돌았다. 천천히 몸을 일으켜 창문을 열었다. 비릿한 바다 내음이 바람에 실려 들어왔지만 나쁘지 않았다. 해가 뉘엿뉘엿 넘어가고 있었다. 종일 밥을 먹지 않았다는 것을 기억해 내고는 옷을 주섬주섬 챙겨 입고 밖으로 나왔다. 한적한 갯마을엔 간간히 음식점 간판이 보였다. 가장 가까운 가게로 들어갔다. 메뉴랄 것도 없는 시골의 식당, 주인장이 내 온 밥상은 흡사 어머니가 차려 주시던 그것과 닮아 있었다. 잡곡밥에 된장찌개, 김치와 생선 한 토막, 꾸역꾸역 밥을 욱여넣으며 어머니를 생각했다. 어머니가 아시면 뭐라고 하실까,,.

　"숙희야 힘들면 그만 두어라. 넌 충분히 잘 살 수 있어." 라고 하실 게 분명했다. 어머니는 언제나 내 편이었고 날 믿어 주셨다.

　'그래, 어머니는 이번에도 내 편이 되어주실 것이고 응원해 주실거야 숙희야 넌 잘 할 수 있어 네가 하고 싶은대로 해.'또 하나의 숙희가 말했다. 혼자 보낸 이틀은 스스로에게 오히려 용기가 됐다. 아이에게도 남편에게도 이렇게 도망친 여자로 남게 되는 건 억울하기도 했다.

　그리고 이제는 중학생이 된 아이도 그녀의 마음을 이해해줄 수 있을거라 생각했고 직장생활을 하면서 경제력과 웬만큼 지위를 가진 그녀는 혼자 살 수 있다는 강한 자신감을 갖게 된 것이었다. 처음 집을 나설 때는 다시는 이 곳으로 오지 않으리라 생각했다. 그러나 이제 그녀는 돌아가서 당당하게 이혼을 요구하기로 했다. 가방속에서 꺼 두었던 휴대폰을 꺼내 전원을 켰다. 어머니와 아들 남편으로부터 수십 통의 부재중 전화가 와 있었다. 어머니께 먼저 전화를 드려 안심을 시키고 남편한테 전화를 했다. 신호연결음이 두어 차례 울리고 전화 너머에서 들려오는 남편의 목소리는 마치 어느 사나운 동물을 연상케 했다. 어느 놈이랑 같이 있느냐고 어딜 간거냐며 길길이 날뛰었다. 당장 돌아오라며 고래고래 소리를 질렀다. 숙희는 돌아가긴 할테지만 집으로 가지는 않을거라며 전화를 끊었다.

그렇게 돌아온 숙희는 어머니댁으로 갔다. 남편이 있는 집으로 갔다가는 다시 나올 수 없을거라는 생각 때문이었다. 그 사실을 알게 된 남편이 어머니집으로 찾아 온 것이다.

가위를 들고 온 남편은 금방이라도 무슨 일을 저지를 것만 같은 살기 가득한 눈초리로 숙희를 노려보았다. 숙희는 멈칫 뒤로 물러났다. 남편은 숙희를 밀치고 그녀의 짐가방을 뒤져 옷을 모두 꺼낸 뒤 낱낱이 가위로 자르기 시작했다. 가방도 구두도 남김없이 모조리 못쓰게 잘라 놓았다. 태산같이 쌓여진 옷과 가방 쓰레기 옆에서 연신 가위질을 해대는 남편의 손가락에서는 피가 흐르고 있었지만 숙희는 아무 감정없이 그 광경을 멍하니 보고 있었다. 남편은 이래도 이혼하겠느냐고 고래고래 소리를 질렀다. 그의 눈빛은 번뜩였고 가위를 들고 금방이라도 달려들 것 같았다. 겁에 질린 그녀는 말없이 고개를 끄덕였다.

순간 남편이 흐느끼기 시작했다. 정말 정말 헤어지고 싶은거냐고 왜 왜,,,. 남편은 숙희의 진심을 말해달라고 했다. 제발 제발 이제는 더 이상 이렇게 살고 싶지 않다고 나를 놓아 달라고 그녀는 울부짖었다. 가슴을 열어 당신이 헤집어 놓은 그 속을 보여줄 수 있다면 그러고 싶다고 통곡했다. 그 앞에서 남편은 고개를 떨구었다. 당신을 보내고 싶지 않다고 직장생활을 잘 해나가고 직급이 높아지고 경제력이 커지면 나이 많은 자기를 떠날까봐 늘 가슴 졸였어야 했고 누구를 만나는지 어디에서 무얼 하는지 듣지 않으면 견디기 힘들었다고 이야기하며 정말 그게 진심이냐고 다시 한번 물었다. 남편은 그녀보다 13살이 많았다. 숙희는 제발 나를 보내달라고 그냥 놔주기만 해달라고 애원했다.

1주일 후 둘은 커피숍에 마주 앉았다. 남편은 그녀의 마음을 다시 확인하고자 했고 앞으로 정말 잘 하겠다며 보낼 수 없으니 자기를 용서해달라고 매달렸다. 그러나 매몰차게 고개 젓는 숙희를 보자 돌려지지 않을 마음임을 알게 된 남편은 다음날 법원에서 만나자며 돌아갔다.

마음을 졸이며 기다린 다음날 법원에 나타난 남편이 반갑기조차 했다. 협의에 의한 이혼임을 확인 받고 4주의 조정 기간을 기다려야 했다. 그 4주가 지나는 동안 그녀는 속이 타들어가는 긴장속에 살았다. 혹시나 나타나지 않으면 어쩌지,,. 합의를 번복하면 어쩌지,,. 불안과 초조가 가슴을 짓눌렀다. 낮은 낮대로 또다시 찾아와서 행패를 부리지는 않을까 가슴 졸였고 밤은 밤대로 뜬눈으로 지새웠다. 밥도 제대로 먹을 수 없었고 아무것도 손에 잡히지 않았다.

회사에는 이미 무기한 휴가를 신청해 놓았지만 돌아갈 수 있을지도 알 수 없는 상황이었다. 조정기간 4주는 마치 4개월 아니 4년같이 길기만 했다. 그렇게 4주간의 조정기간이 끝나고 법원에 가는 날, 숙희는 그 어느때보다 긴장하고 있었다. 따뜻한 봄이었지만 그녀는 몸을 떨고 있었다. 그때 멀리로 터벅터벅 걸어오는 남편의 모습이 보였다. 법원에 나타나 준 남편이 진심으로 고마웠다. 잔뜩 긴장한 모습으로 법정에 들어섰다. 협의이혼 판결문이 판사에 의해 낭독 되자 온 몸에서 힘이 다 빠지는 것 같았다. 이혼서류를 받은 숙희는 멍하니 앉아있는 남편을 뒤로 하고 곧바로 시청으로 향했다. 서류를 접수하고 나오는 그녀의 발걸음은 오히려 가벼웠다.

18년의 힘들었던 결혼생활이 이렇게 마침표를 찍는 순간이었다. 길고 긴 세월이었다. 순간순간 괴로웠던 일들이 파노라마처럼 지나갔다.

"이제는 내가 무엇을 하든 누구를 만나고 어디를 가든 마음 편하게 할 수 있어. 내가 원하는 생활을 할 수 있게 된거야. 그래, 그동안 고생했다."라고 혼잣말을 했다.

모든 것으로부터 떠나와 홀가분하게 혼자가 된 숙희는 이제 나는 꽃길만 걸을거야 난 반드시 행복할거야라고 다짐하며 총총히 시청을 빠져 나왔다.

겉모습으로 사람을 판단하지 않게 된 나의 첫 번째 기억

박수빈

박수빈   지금껏 만난 모든 인연과 경험이
현재의 나 인것을 깨닫고 글과 그림으로 기록하는 습관을 지니게 되었
습니다.

인스타그램: @candypaint.7

나이가 든다고 모두 다 어른은 아니다. 20살 성인이 된 이후로 부모님의 짐을 덜어드리고자, 내 몫만이라도 하기 위해 아르바이트를 해왔다.

어떠한 아르바이트에서든 일해본 사람들은 모두 다 공감한다. 이 세상엔 정말 어른답지 않은 어른들이 생각보다 많다는 것을, 예를 들면 본인의 잘못을 남 탓으로 돌리는 사람, 했던 말을 지키지 않고 까먹었다고 말하며 무조건 책임을 회피하는 사람, 자신의 우월감을 드러내기 위해 가진 돈과 재력을 나이 어린 학생들에게 매일같이 자랑하고 타인을 함부로 내려다보는 사람 등.

아르바이트만 해봐도 정말 이 세상이 전쟁터라 생각했다. 그래서 별일 없이 학생들만 있는 이 평화로운 학교를 졸업하기가 정말 싫었다.

20살 때 벌써 어른들은 대부분 저런 사람들이 많은가? 또는 삶에 찌들어 저렇게 되어버리는 게 내가 생각하는 어른인가? 라는 잘못된 선입견까지 생기게 되었다.

그런 내가 두 번 다시 사람을 겉모습으로 판단하지 않게 된 나의 기억은 대학교에 다니던 시절이다.

수강 신청에 실패에 몇몇 과목에 야간 수업을 들었다. 야간 수업 때 맨 뒷자리에 앉으신 한 아주머니가 있었다. 자꾸 나더러 일본어 과외를 해달라던 작은 체구의 아주머니, 체구가 호리호리하시고 얼굴이 하얀 아주머니... 왠지 공부와는 거리가 멀어 보여서 거절하고 싶었는데...자신은 일하고 있어 수업을 따라가는 게 어렵다고 따로 개인과외가 필요하다고 말씀하셨다. 게다가 일본어는 태어나 처음이시라 들었다. 일본어를 배워본 적이 없다는 말씀에 난 속으로 이런 생각이 들었던 것 같다.

"해서 잘 안될 텐데... 언어는 특히나 나처럼 이미 배워오는 학생들이 대부분인데 어쩌려고 저렇게 하시려는 걸까?"

무언가 사정이 있어 늦깎이 대학생이 되신 모양인데…
공부해도 안 되실까 봐 부담감에 지레 걱정이 들었다.

아주머니는 나 말고 다른 일본학과 학생한테 부탁하니 "아주머니를 가르치면 제 경쟁자가 될 텐데 제가 왜 가르쳐드리나요?"라는 대답을 받았다고 한다.

안타까운 마음에 그날 수업을 마치고 이런저런 일본에 관련된 이야기를 하다 아주머니께서 지하철까지 친구와 나를 자신의 차로 데려다주셔서 집에 편히 집에 갈 수 있었다.

왠지 지하철에 데려다주신 탓일까?
도의적으로 일본어 과외를 해드리는 척이라도 해야 할 것 같았고 이후 과외를 하겠다는 답변을 드렸다.

생각해보면 당시 난 지역아동센터에서도 일본어 강사를 하고 있었다. 나는 그저 내 이력과 돈을 벌어보겠다는 욕심이 나 일단 과외를 시작하기로 했었는지도 모른다.

우선 책을 선택하기로 했다. 기왕 공부를 하실 예정이니 자격증 시험과 연결된 일본어 공부를 하시는 게 좋겠다고 말씀드렸다. 일본어에는 영어의 토익처럼 JLPT라는 자격증 시험이 있다.

아주머니와 문자메시지를 주고받으며 책 1권을 결정했었고 나는 당시 가장 높은 JLPT 1급의 자격증을 소지하고 있었기에 책임감은 느꼈지만 아주머니가 '히라가나'와 '가타카나' 우리나라로 생각하면 '한

글'을 이제 막 외우셨다고 말씀하셨기에 일본어를 잘 모를 거라는 생각에 JLPT 2급 자격증 책으로 결정하고, 분명히 어려워하실 테니 더 쉬운 책 3급의 책을 따로 찾아두었었다.

아주머니는 주말 시간을 활용해 토·일요일 9시~11시, 2시간을 과외 요청을 해주셨다. 나도 아침 일찍 부지런히 움직이는 편이라서 좋다고 말씀드렸다.

첫 과외 날 나는 내 지역의 가장 부자 아파트라 불리는 곳에 방문하게 되었다.
으리으리하고 예쁜 가구에 넓은 집이라, 속으로 와 엄청나게 부자이시구나 생각했지만 내가 알던 어느 어른들과는 다르게 아주머니는 전혀 돈에 관련된 재력에 대한 자랑은 조금도 하시지 않았다. 별 의식도 하지 않으신 듯했다.

과외를 시작하면서 아주머니와의 대화가 너무 재미있었다. 나이 차이는 정말 '엄마'만큼 딱 나시는 분이지만 잠시 대화해보니 비슷하거나 나이와는 관계없이 어울릴 취향이 많았다.

또 같은 학과에 나 같은 사람을 찾을 수 있었다는 감사함을 느꼈고, 자신의 거절한 학생에게 상처받으셨을 거라 생각했는데 아주머니는 오히려 솔직한 이유를 말하며 거절했던 학생에게도 자기 같은 사람을 경쟁자로 생각해주니 자신이 더 열심히 할 마음이 생겨 고마운 일이라고 진심으로 생각하고 계셨다.

과외를 해보니 일본어는 정확히 모르시지만, 아주머니는 한자를 너무나도 많이 알고 계시고 시사에 대한 지식도 넘쳐나 추측만으로 완벽하게 정답인 것들이 많았다.

예를 들면 무역 회사에 관련된 지문이 나왔다.

히라가나를 읽을 수는 없어도 문제 지문에 한자로 (貿易會社= 무역회사)라고 한자로 적혀져 있으면 무역과 관련된 지문임을 한자로 파악하시고 오히려 수월하게 사지선다에 1. 輸出 者 수출자 2.? 買 매매 3. 代金 대금 4. 通関 통관 5. 袖 소매의 한자 풀이를 하시고 다른 성질을 가진 한자를 파악하여 큰 무리가 없이 문제 대부분을 풀 수 있으셨다. 물론 한자의 읽는방법(요 미 카 타)는 모르시지만... 처음 일본어를 시작하시는 분이 대학교 2학년 3학년들이 도전하는 JLPT 2급에 큰 무리가 없이 문제를 푸시고 해석을 하실 수 있었다.

-

또는 문제 풀이에서 초두효과라는 시사에 관련된 문제만 보고 한글로 된 지문을 보고 그에 맞는 정답을 찾아내시기도 했다.

기본적인 시사나 역사 등으로 문제를 추리해보시는 걸 보고 아주머니에게 진심으로 굉장히 감탄하게 되었다. 틈틈이 10분씩 휴식 시간을 가지고 아주머니와 떠들면서 아주머니가 일본어를 배우게 된 이유를 알게 되었다. 아주머니는 회사에서 해외 일본 수출 업무로 일본어는 야간대학을 통해 공부하시게 되었다고 한다.

이미 그 당시 아주머니는 50세가 더 넘으셨던 걸로 기억한다. 그런데 아직 끊임없이 새로운 것을 배워나가시고 게으르게 지낸 것을 본적이 없고, 삶의 모든 지혜를 연결하여 문제를 해결하는 모습에서 마음으로부터 감탄하게 되었다.

아주머니는 알고 보니 대기업 땡땡 차와 관련된 회사에서 일하시는 부장님이셨고, 회사 내부적으로도 굉장히 존경받는 위치의 사람이셨다. 아주머니의 회사에도 시험 기간에 몇 번씩 방문하여 과외를 진행해보기도 하였는데 회사 내부적으로 타인을 바라보는 눈매만 봐도 알수 있다. 그리고 자신을 스스로 지랄 같은 성격에 아랫사람들이 고생이지 뭐 이렇게 말씀하셨다.

아르바이트하면서 고생도 좀 해본 나는 내가 알던 어떤 어른들은 남 탓만을 해왔고 주위 사람을 괴롭히며 자가 발전이 없었다. 진짜 좋은 어른이란 남 탓을 하는 게 아니라 내 탓을 하고 나를 더 돌아보고 반성할 줄 아는 사람이구나 깨달았다.

아주머니랑 약 6개월간 과외를 하며 가장 깊이 체감한 건 어떠한 어른들과 다르게 지내면서 조금의 우월의식도 내게 드러내신 적이 없다.

이때 이후로 우월감은 열등감이라는 걸 안다.

아주머니가 굳이 학생인 내게 우월의식을 드러낼 필요조차 없기 때문이라는 걸 알았고, 아르바이트하는 동안 나 또는 타인을 내리깔고 스스로 높이 올라가려는 어른들에게 화가 났었는데, 지금은 그러한 사람들도 특별히 나쁘기만 한 존재가 아니라 안타까운 존재였음을 알게 되었다.

아주머니는 회사의 부장 신분으로서도 공부하시는 것 그 이상으로 회사 업무에도 굉장히 뛰어나시고 꼼꼼하신 분이셨다.

다른 무엇보다 나중에 알게 된 충격적인 사건이 하나 더 있었다.

야간대학에서지만 다른 야간의 모든 학생을 제치고 1등을 하고 계시던 아주머니의 성적표를 보고 일본어를 잘 모르더라도 1등이 가능하다는 사실도 깨달았다.

왠지 나는 나 혼자 멋대로 생각하고 사람을 판단했던 것을 스스로 부끄러워하게 되었고 나를 되돌아보게 하였다.

과외를 하다 때때로 딸이라 불러주시며 친근하게 지냈던 그때 그 아주머니, 그 모 회사의 여성 부장님께서는 1등 장학금은 학생들을 위해 기부를 하신 것으로 다른 사람들을 통해 들었다.

1등을 해서 장학금을 받아 돈을 열심히 모아야겠다는 나의 개인적 목표와 다르게 아주머니는 자기 자신만의 목표를 추구하고 장학금은 학생들을 위해 기부를 하셨다.
덕분에 더 많은 학생이 학자금대출을 조금이라도 덜 하고 야간대학을 다닐 수 있었을 것이다.

진짜 어른이라는 건
돈뿐만 아니라 마음까지 부자가 되면 사람이 저렇게 여유롭고 아름다울 수가 있을까?
겉모습으로 사람을 판단하지 않아야겠다고 생각하며 자신을 스스로 돌이켜봤던 모습의 첫 번째 기억은 이때가 분명 처음일 것이다.

이 경험 덕분에 내가 좋은 어른이 되고 싶은 기준이 그 아주머니, 부장님이 되셨다.

내가 과외를 가르치는 사람의 입장이었지만, 결과적으론 내가 더 많은 걸 배운 사람이 되었다.
선생님의 모습과 학생의 모습이었지만 진짜 어른과 어른이 되어가는 나의 이야기
아주머니 덕분에 진짜 어른이라는 것을 알게 되었다.

진짜 어른은 타인을 가르치려 하지 않고, 저절로 그 사람의 마음에서 존경심을 우러나게 하였다. 돈으로 지위는 살 수 있어도, 존경을 살 수는 없다고 한다.

이때 경험으로 내가 언젠가 될 진짜 어른에 대해 깊게 고민해보고 생각해보게 되었다. 학생의 신분을 벗어던지고 어른이 되는 게 더 이상 두렵지만은 않았다.

나도 언젠간 학생의 신분을 벗고 어른이 될 것인데 어떠한 어른이 되어가야 할까?
직업을 가지고 어른이 되면 아주머니를 다른 형태로 다시 만날 수 있을까?

때때로 메일로 공부나 수업내용을 주고받으며 나를 '딸'이라 쑥스

럽게 불러주던 아주머니

그 아주머니는 지금도 내게 좋은 기억이며 나를 더 좋은 어른이 되도록 만들어주신 분이라 생각이 든다. 작은 일에도 감사하던 아주머니 가끔은 엄마와도 같이 느껴졌던 아주머니

저에게 좋은 어른의 기준이 되어주셔서 감사합니다.
따뜻함과 냉철함을 동시에 지닌, 저도 그런 어른이 지금도 되고 싶습니다.

주고 받았던 메일 첨부

감사합니다.
송** 과장님

경로를 재탐색합니다

발행 2022년 12월 31일

지은이 염경근, 유영, 최지니, 지현, 소나, 박선영, 김영선, 박수빈

라이팅리더 현해원

디자인 윤소현

펴낸이 정원우

펴낸곳 글ego

출판등록 2019.06.21 (제2019-67호)

주소 서울특별시 강남구 테헤란로216, 12층 A40호

이메일 writing4ego@gmail.com

홈페이지 http://egowriting.com

인스타그램 @egowriting

ISBN 979-11-6666-246-1